Un éclair bleu azur

De la même autrice

Lemon
La croisée, 2023
10/18, 2024

Kwon Yeo-sun

UN ÉCLAIR BLEU AZUR

Traduit du coréen
par Kevin Jasmin Hamard

la croisée

Titre original :
푸르른 틈새
Pureureun teumsae

Conception graphique :
Karine Picault – Studio Delcourt

Première publication aux éditions Munhakdongne,
République de Corée, en 1996.

La croisée
Groupe Delcourt
8, rue Léon Jouhaux
75010 Paris
www.editions-lacroisee.fr

LA CHAMBRE HUMIDE

Je déménage dans une semaine. Je suis allée annoncer la date du grand jour à l'entreprise de déménagement et donner l'acompte de trente mille wons.

Je traverse la rue des logements étudiants et remonte par le marché. Sur ce bien long chemin, commerces et étals de toutes sortes s'étendent, exposant leurs articles et tout autant de vies. Mon regard est attiré par ces fragments d'existences qui sont un peu les miens.

Au début de la rue se trouve un magasin de vaisselle. C'est bizarre d'avoir envie d'acheter une casserole juste avant de déménager, mais je rentre dans la boutique. L'une d'elles me tente, elle me fait étrangement penser au conte de l'homme qui a troqué sa vache contre une marmite. Moi aussi, comme lui, j'ai besoin de tenter ma chance.

Un homme se rend seul au marché avec sa vache. Il compte fermement l'échanger contre un objet d'une valeur équivalente ou supérieure. Un vieillard excentrique s'approche alors de lui, une marmite à la main, et lui propose de la troquer contre son animal. L'homme reconnaît que la marmite est bien belle, mais il n'est pas convaincu. Échanger une vache contre une marmite, pensez donc !

C'est à ce moment-là que l'histoire prend un tour insolite. La marmite s'adresse au propriétaire :

— Emportez-moi, s'il vous plaît. Vous ne le regretterez pas.

Surpris, l'homme se dit : « Une marmite qui parle… si elle est douée de parole, elle peut aussi bien faire d'autres choses. » Il cède alors sa vache au vieillard et embarque la marmite. Pendant ce temps, son épouse l'attend à la maison, impatiente de savoir ce qu'il va rapporter. Cette vache était leur dernier bien de valeur. À la vue de ce que lui expose son mari, la femme est bien déçue. Certes, la marmite est ravissante et serait utile à la cuisine, mais troquer une vache contre une marmite ! C'est tout à fait insensé.

— Tu as perdu l'esprit !

C'est alors que la marmite lui répond :

— Vous ne le regretterez pas.

L'épouse, prête à hurler contre son mari passé de propriétaire d'une vache à propriétaire d'une marmite, est estomaquée et bredouille :

— Quoi, une marmite qui parle ? Si elle est douée de parole, elle peut aussi bien faire d'autres choses.

L'idée de ce couple en parfaite harmonie de réflexion m'enchante. Savoir parler, serait-ce à ce point la garantie d'un pouvoir infini ? Dans la boutique, je me décide enfin pour une casserole qui me paraît aussi grande et utile que l'éloquente marmite. Chance ou malchance, la casserole élue est peu loquace, elle ne dit pas que je ne regretterai pas de la prendre, ni tout autre phrase d'ailleurs. Néanmoins, même si elle n'est pas douée de parole, je me dis qu'elle pourrait aussi bien faire d'autres choses.

À la sortie du magasin, je tombe sur une femme âgée qui vend des crabes dans un récipient en laiton. On peut aussi acheter pour pas cher des pattes de crabes, arrachées et liées en faisceau. Quand on regarde avec attention les pattes détachées et les corps estropiés, on peut voir le cœur comprimé des crabes battre lorsqu'ils bougent et tentent de fuir à toute vitesse, poussés par une sensation de danger instinctive.

À côté des crabes, il y a un petit étal de poulets. Une vingtaine de volailles sont entassées, deux planches disposées derrière elles. Sur la planche de gauche, un homme, la quarantaine, s'affaire à découper un poulet ; sur la planche de droite, sa fille d'environ dix ans, au long cou et à la grande maigreur, enfonce sa main à l'intérieur d'un petit poulet et le vide de ses entrailles. Elle fourre dans le coquelet sa main aussi maigrelette que des pattes de poulet et en retire un contenu long et jaune impossible à identifier. Sa main n'est pas si salie. Je ne sais pas combien de temps cela prend de découper un poulet et d'apprêter un coquelet de cette manière. L'homme soulève légèrement son couteau mais sa découpe est faite avec force, il met l'animal en pièces à toute vitesse. Peut-être par fascination pour le dégoût, l'enfant recule et avance son cou pour observer son père, les yeux pleins de curiosité et de crainte. J'ai l'impression de revivre mon arrivée à l'université. Comme cette petite maigrichonne, j'allongeais le cou pour observer ici et là, ignorante de la naïveté qui imprégnait mon corps, et de l'odeur de poulet cru qui flottait.

Après les poulets, je passe devant un couple âgé qui vend des escargots de rivière et des vers à soie. Plus loin, les femmes proposent toutes sortes d'herbes et de légumes marinés, leurs épices installées dans leur charrette à bras. Les hommes découpent et vident les poissons. Les étals de fruits sont nombreux, on trouve aussi de la pâte de poisson de mauvaise qualité, frite et vendue à déguster sur place.

À la sortie du marché, je m'engage dans une rue montante en secouant le sac qui contient la casserole. Quand j'arrive en haut, mon souffle court s'échappe avec force. Je m'engouffre dans une ruelle, et la chambre humide que j'occupe depuis deux ans est là.

*

J'ai vécu dans cette chambre comme un joli parasite vit aux dépens de son hôte. Même les yeux fermés, je peux me la représenter. C'est une scène de théâtre pas comme les autres, rectangulaire, profonde. Pas à pas, aussi lentement que possible, je me prépare à y pénétrer.

La scène est fermée. Un mur de crépi blanc la garde. Au centre du mur, une porte en verre dépoli. De part et d'autre, une petite fenêtre. Celle de gauche est basse, celle de droite est haute. Fenêtre de la cuisine à gauche, fenêtre de la salle de bains à droite. J'introduis la clé dans la porte en verre et ouvre la voie sur la scène. Une fois à l'intérieur, une odeur d'humidité familière me saute au nez. Dans ce petit vestibule carré et étroit, j'enlève mes chaussures et je ferme à clé la porte d'entrée.

Pas à pas, à ma gauche, la gazinière, la table de la cuisine, l'évier, le sèche-linge, de sobres équipements ménagers alignés d'un intervalle à l'autre, au diapason de ma marche. Enfin, le petit frigidaire qui marque la fin de la cuisine. De la même manière que l'on ponctue une phrase, je pose avec légèreté la casserole neuve sur ce dernier.

À droite, le mur s'allonge, à son extrémité se trouve la porte de la salle de bains. Lorsque j'y pénètre, je suis face à un espace vide, couvert de carreaux blancs. Dans cette pièce ne sont présents qu'un lave-linge, des toilettes, les deux robinets d'eau chaude et d'eau froide, un miroir qui semble plus long que ce qu'il est et une fenêtre placée en hauteur à peine plus large que deux mains. Sur la machine à laver est posé un vieux rasoir rouillé. Je tourne le robinet et me lave les mains tout en jetant un coup d'œil sur le visage et les cheveux courts que le miroir reflète. J'essuie mes mains sur la serviette accrochée à la poignée puis je sors.

Ni gauche ni droite, devant moi la courte voie continue et mène à la porte de ma chambre. Elle est ouverte, je peux m'introduire sans résistance. À l'intérieur, le mur qui me fait face est le fond de la scène. Comme pour signifier qu'il s'agit de la limite, une grande fenêtre toujours bien fermée est encastrée dans la partie haute du mur. Sur son cadre est suspendu un rideau, en réalité un rideau à fleurs accrochée sur un fil de fer. Je ferme les yeux et essaie d'estimer la profondeur de la scène depuis la porte d'entrée jusqu'au rideau. Si cela ne tenait qu'à moi, je dirais une enjambée, mais ce sont en vérité onze pas réguliers. J'ai toujours été fascinée par le 1 et le 11. Mes 1 an et mes 11 ans ont dû être une expérience vécue sur un bord, celui d'une scène ou d'une falaise. Ces âges devaient être une fin, sinon un début. Je les multiplie et les additionne pour arriver au printemps de mes trente ans : aujourd'hui.

Une nouvelle scène, désormais. La scène profonde devient la scène allongée. La chambre est tout en longueur. Je suis debout en son centre. Le mur qui me fait face est long avec la grande fenêtre et son rideau. Si je tourne d'un quart sur la gauche, je tombe sur un lit une place.

Tous les soirs, je m'endors dans ce lit, mon joli petit nid. Il m'est souvent arrivé de m'y coucher non sans peine après avoir bu du *soju*. Une fois m'être allongée à la renverse, pour déployer la couverture de coton roulée en boule, j'agrippe celle-ci à mes orteils, lève mes genoux puis les tends et répète cet exercice avec ardeur. À force, la couverture finit par plus ou moins me recouvrir. Il arrive parfois qu'elle se retrouve étendue à l'envers, dans ces moments-là, ma respiration bruyante rythme tous mes efforts pour la retourner dans le bon sens. Une fois ces préparatifs achevés, je tends mon bras et attrape un des livres entassés en abondance sur le sol de la chambre. Je commence à lire, couchée sur le côté. De l'oreiller s'échappe l'odeur de ma tête qui l'a imprégné, si bien que le dessus de la couverture est jaunâtre et poisseux. Le coton en contact avec mon menton et mon cou étant plus taché, il est aussi aisé de reconnaître le haut du bas de la couverture que de distinguer son intérieur de son extérieur. Je vais dans ce lit en retrouvant avec allégresse cette sensation familière. À l'instar d'un mari coureur de jupons qui, affligé d'une vilaine maladie, se réfugierait sur la poitrine de sa fidèle et dévouée épouse, malgré un sentiment de culpabilité, d'un mouvement a priori satisfait, je me faufile dans mon lit et je me mets à lire. Alors, irrésistiblement emportée par le sommeil, une autre moi recroqueville le plus possible son corps et s'efforce de ne pas me gêner dans ma lecture. Comme deux œufs installés chaque soir dans un même lit, la moi qui dort et la moi qui fait la lecture, la culpabilité et la satisfaction se tournent et se retournent dans un seul et même lit.

Je fais dos à la fenêtre. Là se trouvent mon bureau et mon ordinateur côte à côte ; à travers la porte ouverte de la chambre sont visibles le couloir par lequel je suis entrée et la porte en verre dépoli qui le clôture.

Au-dessus du bureau, sur l'étagère, des livres sont empilés si haut qu'ils semblent défier le plafond. L'étagère devrait être deux fois plus basse, mais j'y ai superposé peu à peu une montagne d'ouvrages qui double la taille du meuble. Cette montagne est menaçante, prête à s'effondrer complètement mais, fort heureusement, cela n'a jamais eu lieu. J'ouvre le tiroir du bureau et y dépose la clé et le contrat signé avec l'entreprise de déménagement. Dans un coin du tiroir roule une épingle à cheveux en forme de fleur. Je la touche un instant et pense à la moiteur de mon esprit, qui d'après moi fait rouiller tous les métaux. Et, comme si je la séquestrais, je referme brusquement le tiroir sur l'épingle.

Le bureau est le meuble le plus propre de la chambre. Doté de roulettes, il est d'un blanc crème comme du mobilier haut de gamme. Je caresse avec fierté ses angles arrondis. Sur lui, dont la présence est la plus insolite de cette pièce en raison de sa modernité, sont posés un ordinateur et une imprimante d'un âge canonique, qui siéent parfaitement à la chambre. Je les utilise souvent. Cet ordinateur a la fierté de n'avoir aucun jeu sur lui, c'est pourquoi je ne m'amuse qu'avec Word. Souvent, tard dans la nuit, je suis postée devant l'ordinateur, tandis qu'une moi fêtarde fait nerveusement les cent pas dans ma tête. Pour y mettre un terme, je pose alors une bouteille et un verre de *soju* sur le bel angle immaculé du bureau et je bois tout en martelant le clavier. J'aime cette facette de moi, d'être tout à fait absorbée au point d'en perdre l'esprit.

Si je me tourne de nouveau un peu sur la gauche, se tiennent mes amis les plus grands de cette chambre, debout comme deux totems coréens : mon armoire à linge et mon étagère à livres métallique. Cette dernière entasse aussi des livres jusqu'au plafond afin de paraître plus grande qu'elle ne l'est, la plupart des ouvrages que je lis avant de dormir sont posés là. Ce sont des romans classiques, dans des éditions antédiluviennes. Chaque genre littéraire est un moyen différent de m'endormir. Les récits traditionnels sont parfaits pour produire des rêves rocambolesques, à la manière d'un réalisateur qui attirerait une diversité d'histoires dans le filet de mes songes. Cependant, tandis qu'au fil de ma lecture l'état de somnolence gagne de plus en plus de terrain, j'apprécie les « récits libres », pour obtenir des rêves aussi profonds et gluants que les abîmes d'un marais. Chaque lecture est décidée selon le rêve souhaité. Ce n'est pas pour autant que j'ai rangé mes livres selon cette classification. L'étagère à livres est bordélique, telle qu'elle l'était au moment de mon emménagement. C'est ainsi que des livres qui ne peuvent se rencontrer d'aucune manière, politiquement ou littérairement, s'affrontent à l'air libre, enragés, collés l'un à l'autre. Je ne m'immisce jamais dans cette situation explosive. Quand la poussière vole alors que je retourne entièrement l'étagère pour trouver un ouvrage en particulier, je m'esclaffe souvent :

— Toujours pas rangé...

Puis je conclus dans un rire détaché :

— Peut-être un jour, quand j'en aurai marre.

Comme je sens qu'au fond les choses dans ma chambre se moquent de moi, je déclare tout haut :

— La prochaine fois !

À ces moments-là, je me découvre une incommensurable nature religieuse. En moi, non sans fierté, coule un sang qui m'incite à l'attente et à l'abstinence, tel un ascète au front d'airain embrassant la paresse comme destinée. Tout cela provient, j'en suis sûre, autant d'un côté paternel que d'un côté maternel, aussi également divisé qu'un carré de tofu.

Les meubles ne sont pas contre les murs. Certains se tiennent à dix centimètres devant, d'autres plus. L'armoire à linge qui aurait dû se tenir à l'angle du mur de droite a tant avancé qu'elle est presque au centre de la chambre. C'est normal.

Voilà, le décor est posé. Je ferme les yeux et je pivote. Quand j'ouvre les yeux, j'aperçois un rideau à fleurs familier. J'ai enfin trouvé ma place. Je m'affaisse d'un coup et j'observe le bas du mur face à moi, comme si je pratiquais la méditation. Le papier peint sous le rideau est gondolé ici et là. Comme la pluie n'est pas tombée hier, il n'est pas si humide que ça. Pas plus que des yeux humectés. Le sol est d'abord noir, puis bleu, puis jaune.

La raison de cette humidité : les agents immobiliers désignent cette chambre sous le terme de « chambre demi-sous-sol ». Le propriétaire a creusé le terrain en pente et, à la manière d'une grotte, a aménagé cette chambre qu'il loue à petit prix. Moi, la première locataire, afin d'éviter que les meubles pourrissent avec le papier peint, je les ai tous éloignés du mur. Raison pour laquelle ma chambre humide est prête à être déménagée à tout moment, comme une grange en désordre.

Plus qu'une semaine. Perchée sur le lit douillet et moite, tel un nid d'oiseau touché par la pluie, je pense tranquillement à ces sept jours entiers. L'attente change notre rapport au temps.

AGNÈS EST SON NOM

Ma vraie vie a commencé le jour où j'ai vomi.

Cela faisait un mois que je venais d'entrer à l'université. J'avais déjeuné au restaurant universitaire et m'apprêtais à me rendre dans le local d'un club quand un étudiant plus âgé m'a proposé de le suivre.

— Es-tu inscrite à un cercle ?

— Pas encore... ai-je répondu avant de demander : Vous parlez des cercles souterrains ?

Je savais qu'on appelait de tels cercles « cercles souterrains », c'est pourquoi, pour faire l'initiée, j'avais prononcé bien clairement chaque syllabe.

— Des cercles souterrains ? Peut-être... tu en as rejoint un ?

— Non, pas encore.

— Tu y penses ?

— Je ne sais pas, ai-je répondu, mais voulant encore passer pour une première année intelligente, d'un air sérieux, je lui ai demandé : Qu'étudie-t-on dans les cercles souterrains ?

— T'arrêtes pas de dire « cercles souterrains », c'est trop bizarre. En général, on dit *eondeo*.

— Qu'est-ce que c'est ?

— La même chose que tes « cercles souterrains ».

Je me suis creusé la tête pour comprendre ce que cela signifiait, sans avoir le courage d'interroger mon camarade. J'apprendrai plus tard qu'il s'agissait tout simplement de la réduction de « under circle », littéralement « cercle souterrain » en anglais.

À l'époque où j'étais encore une bleue de l'université, s'il y avait bien une chose que je devais faire, c'était devenir adulte le plus vite possible. Être adulte, c'était avoir une opinion ferme sur la politique et le sexe. Par conséquent, pour parfaire ma formation, un « dictionnaire des termes politiques » et un « dictionnaire des termes sexuels » étaient nécessaires. Sans ces deux dictionnaires, je ne pouvais m'adapter au système communicatif appliqué à l'université. Le terme « under » que je n'avais pas bien compris avait éveillé mon obsession, me poussant à parfaitement maîtriser les abréviations ou les termes métaphoriques des milieux activistes. J'avais ajouté le mot « under » à mon lexique politique. Quant à l'autre thématique, une partie de moi avait l'avantage d'être déjà assez familière des grossièretés rattachées aux parties génitales. Quand j'avais 11 ans, après que ma tante cadette au langage ordurier avait franchi le seuil de notre maison, avec ses cheveux ébouriffés et son visage boursouflé, accompagnée de Min-jeong encore âgée de 8 ans, j'avais tôt pris connaissance des vulgarités obscènes qu'elle proférait constamment. Néanmoins, au-delà de ces gros mots, la nécessité d'un « dictionnaire des termes sexuels » était plus qu'évidente afin de comprendre toutes les vulgarités sous leurs formes variées, et ainsi saisir précisément les boutades scabreuses. En ce temps-là, ces deux dictionnaires s'enrichissaient constamment dans ma tête sans un instant de répit.

L'étudiant m'a conduite jusqu'à la cour de la faculté des Humanités. Sur cette petite esplanade entourée de trois bâtiments, plusieurs dizaines d'étudiants se tenaient éparpillés ici et là. Il a échangé des regards significatifs avec certains et a chuchoté discrètement. Je les ai observés tout en feignant le désintérêt. Demandait-il à ses amis si j'étais jolie ? Son ami faisait-il lui aussi très attention à dissimuler l'attraction dévorante qu'il ressentait pour moi ? Prudents, ils ne laissaient pourtant paraître aucun signe d'attirance.

Debout, seule, j'ai remarqué des nouveaux comme moi, rassemblés sur une butte un peu plus loin. Sur ses flancs, des arbres s'élevaient tout droit, à un endroit que l'on appelait « la butte de gazon ». Les arbres s'agitaient aussi timidement que moi, semblant hésiter entre la couleur cendrée de l'hiver et le vert tendre du printemps. Parmi ces étudiants, se trouvait Ji Myeong-ho. La première fois que je l'avais rencontré, c'était lors de la réunion d'accueil des nouveaux étudiants.

*

À la fin de cette réunion, qui avait lieu dans chaque département d'études, les étudiants plus âgés avaient formé des groupes de nouveaux élèves avant de les conduire dans un restaurant chinois. Quand notre troupe était parvenue au restaurant, des étudiants étaient déjà attablés dans une grande pièce sinistre. J'ai été poussée à l'intérieur. La pièce restait silencieuse, l'ambiance était pesante. Alors que les langues s'étaient déliées dès que l'on nous avait dit de choisir entre des nouilles *jjajang* à la sauce de soja noir et une soupe de udon, une question qui m'était adressée avait traversé le brouhaha.

— Tu es redoublante ?

Un jeune homme assis en face de moi, la tête inclinée, me lançait un regard perçant. Cette question m'était évidemment destinée, mais, pour le cas où elle ne l'aurait pas été, j'avais un instant hésité à répondre. Tout en me regardant rouler des yeux gênés, il m'avait fait comprendre qu'il s'adressait bien à moi, d'un vague mouvement du menton.

— Non, je n'ai pas redoublé.

— Ah, je pensais que si.

Sans même m'expliquer pourquoi, il avait détourné le regard. Lorsque j'avais levé la main pour indiquer mon choix de nouilles *jjajang,* il avait fait de même. Je l'avais regardé d'un air sombre. Lui aussi, l'air renfrogné, avait tapoté le bras de son ami et, d'un ton rude, s'était mis à bougonner en continu.

Quand les plats avaient commencé à arriver, l'occasion de le dévisager s'était présentée. Assis près de la cuisine, il s'occupait de recevoir les bols et de les faire passer, et à chacun de ses mouvements, son jean qui moulait son corps élancé lui donnait l'air d'un serveur. Une fois les plats servis, fatigué de ce rôle qu'il avait dû tenir à contrecœur, il s'était affalé sur son siège ; il avait ensuite porté le bol de nouilles *jjajang* en dessous de son menton, et avait avalé son contenu d'une traite. Les nouilles étaient chaudes et délicieuses.

Quand j'avais levé les yeux une fois mon plat fini, il avait tiré sur sa cigarette tout en penchant la tête, avait relevé un peu le menton et rejeté la fumée en direction du plafond. Puis il avait secoué les cendres au-dessus de son plat, aussi nettoyé que la gamelle d'un chien. Dans ce minutieux geste de la main se percevait une certaine élégance, un soupçon d'indolence.

Le président des étudiants avait laissé la parole à un garçon qui jouait le rôle d'animateur. Il demandait aux nouveaux de se présenter un à un. « Se présenter » était une nouvelle étape de la vie, l'entrée dans un monde nouveau. Après la passivité de l'enfance où tous semblaient me connaître, voici le monde où je devais fièrement revendiquer qui j'étais, un monde non pas formé d'une communauté où l'on se rappelait mutuellement notre existence avec affection, mais d'une société structurée où l'on devait être responsable de sa vie d'individu indépendant. Il fallait se présenter afin d'entrer dans le monde des adultes. Dans cette formalité de l'acte résidait une forme de violence. Celui ou celle qui se présentait devait prononcer haut et fort son nom pour que tout le monde puisse l'entendre ; les auditeurs devaient accepter de force l'existence résumée de l'intéressé. Les introvertis étaient naturellement éliminés ; seules les personnes courageuses pouvaient survivre à ce rite d'entrée. Il ne fallait pas attendre d'être appelé, mais mettre en avant son propre nom afin que les autres le consomment au plus vite et désirent s'en souvenir.

Soudain, l'étudiant assis en face de moi s'était levé d'un coup. Entre l'animateur et lui, de nombreux étudiants étaient assis : j'avais complètement raté l'énumération de leur nom.

— Je suis Ji Myeong-ho. Diplômé du lycée de Seongil, et redoublant. Enchanté.

Il s'attardait un peu comme s'il allait dire autre chose, mais il s'était affalé, avec l'air d'avoir une fois encore subi une vague de fatigue.

C'est donc lui qui est redoublant...

Ma rancune n'avait duré qu'un instant. J'attendais mon tour de présentation, les mains moites. Les autres étudiants m'étaient inexistants. Dès que l'animateur avait dit de se présenter, Ji Myeong-ho s'était aussitôt levé, puis ça avait été mon tour, et ainsi avaient pris fin toutes les présentations ; dans mon souvenir de cette journée, lui et moi étions les seuls nouveaux, et le président et l'animateur, nos seuls aînés.

Je n'avais pas su comment me présenter. La moins pire des façons aurait été de raconter l'histoire de mon cou. Raconter que depuis toute petite, j'avais un cou long comme celui d'un oiseau, et que dorénavant, il s'étirait en direction de quelque chose, ou de quelqu'un. Mais en disant cela je ne pouvais taire les conditions de ma naissance, et la légende de l'oiseau bleu.

*

Je suis née à la fin des moussons. Mon père avait trente-huit ans, ma mère treize ans de moins. Mon père, toujours sur un bateau depuis sa plus tendre enfance, avait pris à trente-trois ans la décision de se marier, à cause d'une vieille entremetteuse qui lui avait parlé d'une pauvre jeune fille, ma mère. Comme le propriétaire de la vache devant la jolie marmite, mon père considérait le mariage comme une chose charmante, mais il ne l'estimait guère suffisamment remarquable pour vouloir l'échanger contre « sa vache », c'est-à-dire sa vie intrépide et dissipée, sa liberté sans entraves. Pourtant, tout comme la marmite, la jeune fille de santé précaire, promise à une mort prochaine, l'avait interpellé à travers le portrait dressé par la vieille entremetteuse.

Emportez-moi, s'il vous plaît. Vous ne le regretterez pas.

Peut-être que des pensées pareilles à celles de l'homme à la vache traversèrent mon père.

Hum, une jeune fille inconnue qui parle... Si elle peut parler, peut-être qu'elle peut aussi bien faire d'autres choses.

À trente-trois ans, mon père fit ce que la vie lui dicta.

Ma grand-mère maternelle, démunie devant les auspices funestes de la mort prématurée de ma mère, suivit les paroles de l'augure entremetteuse, qui lui assura que la façon de sauver sa fille était de la marier à un homme plus vieux qu'elle. C'est ainsi qu'elle avait offert sa fille aînée, de tout juste vingt ans, à un vieux garçon de trente-trois ans, aux antécédents inconnus, se conformant ainsi aux prédictions de la vieille tout comme on honore les tablettes ancestrales.

Mes parents eurent une fille avant moi. À ma naissance, ma grande sœur avait cinq ans. « Encore une fille », balbutia notre grand-mère maternelle ; à ces mots, mon père ne fit que hausser les épaules. À cause de cet « encore » devant le mot « fille », avant même qu'ils ne me prénomment, on me surnomma « pétiole », nom de la petite queue insignifiante d'une feuille. Personne ne détestait d'emblée un enfant qui naissait, mais en me donnant ce surnom, ils nièrent tacitement la singularité de mon existence. Ma mise au monde avait signé l'impossibilité d'un fils.

Et j'ai accompli ma destinée de « pétiole », comme pour me venger, malgré moi.

À l'aube du jour où je naquis, mon père somnolait à moitié, assis les jambes pendantes sur le *jjongmaru*[1] devant la chambre. Aux paroles solennelles de la belle-mère qui venait de soupirer : « Encore une fille », à cette voix de la destinée qui me pénétrait comme le bourdonnement d'un moustique, mon père, qui venait de hausser les épaules un peu avant, aperçut soudain un oiseau bleu traversant la cour comme une flèche, dans le vague ciel matinal qui émergeait. Ses yeux virent ce signe comme porteur d'un sens tout à fait inouï. Sans avoir le loisir de distinguer si c'était un spectacle qu'il avait bien vu ou s'il s'agissait d'une signification qu'il avait spontanément accolée, le visage ferme, il révéla à la belle-mère ce dont il venait tout juste d'être témoin.

— Bel'man, j'tais comme ça, assis, à moitié en train de pioncer, mais, croyez-le ou non, y'a un truc qu'est passé d'un coup comme ça. Vous l'avez pas vu ? Un oiseau bleu est passé sous l'avant-toit, comme une flèche, puis il a voltigé plusieurs tours dans la cour et après il s'est envolé loin loin, et juste à ce moment-là, vous avez annoncé la naissance du bébé.

— Quoi ? Comme un éclair ?

— Oui ! Un oiseau bleu azur qui est passé sous l'avant-toit, qui a fait trois tours dans la cour et qui s'en est allé.

— Si un oiseau bleu a fait trois fois le tour de la cour... Attends, d'habitude un nourrisson n'est pas suivi d'un oiseau. Oh, t'as donné naissance à un porte-bonheur !

— Les oiseaux portent bonheur ?

— Bah oui, un oiseau bleu ! Je crois que tu vas dorénavant vivre la tête haute, reconnu de tous. Ne sois pas

1. Parquet surélevé à l'extérieur des maisons traditionnelles coréennes. (*Toutes les notes sont du traducteur.)*

triste que ce soit une fille, car elle nous portera sûrement chance et félicité.

— Que ça soit une fille ou un garçon, ça n'a pas d'importance alors ? Ça me soulage vraiment, bel'man.

C'est ainsi qu'est née la « légende de l'oiseau bleu » de Pétiole. Cette histoire se propagea dans le voisinage. Quand les voisins s'apprêtaient à claquer la langue en signe réprobateur en apprenant que ma mère avait accouché d'une fille, son mari s'évertuait à narrer avec force détails la vision de l'oiseau bleu dont il avait été témoin. Cette petite Pétiole lui ressemblait à quatre-vingt-dix-neuf pour cent, mise à part une certaine partie du corps dont il était impossible de rendre compte élégamment à l'oral, mais en plus il avait vu de ses deux yeux, tout juste avant la naissance de sa deuxième fille, un oiseau bleu voler comme une flèche dans la maison puis ressortir et tourner exactement trois fois dans la cour puis repartir. Il n'était pas du tout triste de ne pas avoir un fils ; au contraire, une grande calamité se serait très probablement abattue sur eux, racontait-il. Ma mère déballait ce même discours. Son mari, pour en rajouter une couche, intervenait en complétant les explications de son épouse. Malgré ma naissance, mon père ne s'était pas arrêté de boire, et pire, considérant qu'il fallait fêter l'oiseau bleu, il acheta une quantité excessive d'alcool. Pour la naissance de sa troisième fille espérée, qui serait ma petite sœur, il avait même acheté en prévision une plus grande quantité d'alcool, si bien qu'après son départ en mer, ma mère tomba des nues en découvrant l'ampleur des dettes liées à l'alcool et aux jeux de son mari.

Ma mère, qui ne pouvait facilement enfanter à cause de sa faible constitution, se retrouva enceinte un an après ma naissance. Les voisins incultes, qui n'avaient pas bien compris la légende de l'oiseau bleu, déclarèrent qu'il s'agissait cette fois-ci très certainement d'un garçon. Mais ma mère persistait : « Nous ne souhaitons pas avoir un fils. De nos jours, une fille est capable de faire ce que font dix garçons. Et puis comment, après l'oiseau bleu porte-bonheur à la naissance de ma benjamine, pouvez-vous souhaiter voir naître un garçon ? » Mes voisins et ma grand-mère ne comprirent pas son raisonnement. Pieds et poings liés par la légende de l'oiseau bleu de Pétiole, dans la crainte d'un garçon qui casserait le porte-bonheur, ma mère, avec l'approbation de mon père, décida d'avorter.

Mon existence avait fait naître la honte. La légende avait provoqué l'embarras, et, enchaînés, mes parents ne pouvaient plus se permettre de donner naissance à un autre enfant. Les légendes sont une façon de garder le pouvoir. La légende de l'oiseau bleu qu'ils avaient propagée jusqu'à épuisement était leur miroir ; devant celui-ci, ils ne pouvaient plus se discréditer. Mon éducation est devenue un moyen de rationaliser ce sentiment de honte.

Dans le conte, la marmite n'a pas trahi les attentes du pauvre couple. Elle a fait bien d'autres choses que sa fonction principale. Elle s'est précipitée chez un homme riche et a rapporté à ras bord de la soupe toute chaude, du blé déjà moulu ou encore un tas de pièces d'or. Le pauvre couple s'est retrouvé chanceux d'avoir échangé leur vache contre la marmite. Mon père et ma mère ont porté le même jugement à mon égard. Lorsqu'ils ont retiré le couvercle de la marmite, un oiseau bleu s'en est envolé avec légèreté. Après ma merveilleuse apparition, le salaire de mon père fut alors versé en dollars, et l'argent, qui avait toujours manqué, remplit à ras bord la marmite. Mes parents en furent très heureux. Mais les effets de ma légende ne durèrent que dix années.

Jusqu'alors, la vie de ma mère, ma grande sœur et moi était rythmée par les dix mois en mer et deux mois de vacances de notre père. Parfois, quand ses traversées se rallongeaient ou s'écourtaient, la mélodie de nos vies monotones se ponctuait de surprises ou d'exclamations. Mon cou, particulièrement long, était celui de la benjamine d'un marin qui vagabondait sur les mers. Je continuais ce jeu où je perdais mon père durant dix mois, pour le retrouver ensuite pendant deux mois. Je pensais qu'il ne prendrait jamais fin. Mais mon père fut licencié tout à coup, juste avant mon entrée à l'université. Mon cou, qui n'avait cessé de s'allonger à son attente, devait se résigner désormais à s'étirer vers une tout autre direction, l'université.

*

Lors du repas des nouveaux étudiants, j'aurais aimé raconter tranquillement ma légende et ma vie jusqu'ici. Malheureusement, lorsque était venu mon tour, je m'étais levée et j'avais expédié maladroitement ma présentation, en tremblant et bredouillant. À la fin du tour de table, une quinzaine de bouteilles de *soju* et le bouillon pimenté de *jjamppong* avaient été servis. Ji Myeong-ho avait une bonne descente, il enchaînait les verres. Moi aussi, car je voulais boire aussi bien que lui. Nos aînés ont commencé à chanter. Nous, les nouveaux, les avons accompagnés sur « Pionniers » – *Seonguja* – de Jo Young-nam ou « Rosée du matin » – *Achim iseul* – de Yang Hee-eun, et ils nous ont appris d'autres morceaux. Un groupe d'étudiantes a déclaré qu'il était l'heure de rentrer au dortoir et, quand elles se sont levées, j'ai fait de même, à contrecœur.

— Au revoir. Moi, c'est Ji Myeong-ho. Ton nom, c'était…

Il m'a tendu la main. Il m'avait prise pour une redoublante mais j'avais désormais de la sympathie pour lui. J'ai alors prononcé mon nom en lui serrant la main :

— Moi, c'est Son Mi-ok.

— Ah oui ! Son Mi-ok.

Il s'est tapé sa cuisse comme s'il se souvenait : j'étais heureuse. À mon grand bonheur, il a ajouté :

— Tu pars déjà ? Je voulais discuter avec toi. Revoyons-nous bientôt.

— D'accord.
— Rentre bien.
Il m'a une nouvelle fois tendu la main, comme s'il venait d'oublier l'instant tout juste passé. Dans le bus du retour, je me suis prise à m'extasier imprudemment sur lui, si heureuse que j'ai tapé dans mes mains comme on interpelle un serveur. En rentrant chez moi où mon père, sans emploi, regardait la télé dans le salon, j'ai réalisé à quel point je rêvais d'ailleurs. « L'université sera peut-être pleine de surprises », me suis-je dit cette nuit-là, remplie d'espoir.

*

Myeong-ho portait le pantalon de l'uniforme de préparation militaire lorsque je l'ai aperçu sur la butte de gazon. Il lui seyait aussi bien que son jean. J'ai annoncé à mon groupe vouloir le rejoindre. *Ils ne voudront jamais me laisser partir.*
Les alentours devenaient effervescents, rappelant le moment où les oiseaux, jusque-là silencieux, secouent leurs ailes et se préparent à prendre leur envol.
— Tu es venue ! s'est exclamé Myeong-ho.
Il s'est mis à entonner « Sans vaciller » – *Heundeulliji anke* – à pleine gorge et s'est dirigé vers l'esplanade de la faculté des Humanités. Je l'ai suivi à pas rapides. Nous nous sommes assis sur les marches de l'escalier et nous avons chanté. Lorsque j'ai jeté un œil vers ses camarades, ils se levaient et époussetaient leur vêtement, sans même penser à nous rejoindre. Sans que je m'en aperçoive, de nombreux étudiants s'étaient assis autour de nous. À la fin de la chanson, quelqu'un s'est mis à crier des slogans et les étudiants les ont répétés. Ils réclamaient la démission du président de l'université. Myeong-ho m'a alors regardé, comme s'il venait de prendre conscience de sa responsabilité de m'avoir amenée là, et il a commencé à m'expliquer :

— Tu vois l'homme habillé en costume couleur cuivre, là-bas ? C'est le président.

— D'accord.

— Celui en costume bleu azur, c'est le directeur de notre département.

— D'accord, le directeur du département.

— Tous ceux qui sont là-bas, ce sont les professeurs titulaires.

— Ah, d'accord.

Les étudiants apostrophaient ces derniers avec véhémence, et je me suis demandé s'ils méritaient tel traitement. Il s'agissait de professeurs, tout de même : c'était impressionnant pour la nouvelle que j'étais, la sotte qui sommeillait encore en moi. Le terme « professeur » était beaucoup plus réel que « président d'université » ou « directeur de département ». Puis, le poing brandi en direction des professeurs, j'ai rejoint la foule qui criait. J'ai observé les professeurs en leur jetant des regards noirs. Parmi eux, j'ai reconnu mon professeur du cours d'introduction à la philosophie. Deux jours auparavant, en désignant l'estrade de l'amphithéâtre, il avait questionné :

— L'estrade est ici. Si nous ne la voyons ou ne la touchons pas, comment être sûrs qu'elle est bien présente ?

J'avais été surprise que les philosophes doutent à ce point. En sortant à la fin du cours, je m'étais retournée. En imaginant l'estrade ou les pupitres se déplacer sans bruit la nuit ou se métamorphoser, ou encore s'absenter quelques instants, je pensais avoir cerné l'essence de la question du professeur. La philosophie était une science d'imagination.

Le professeur se tenait debout, mains croisées dans le dos, impassible. Il était de temps à autre caché par la grande carrure du président. Comment être sûre qu'il se trouvait bien derrière le président durant les courts instants où je ne pouvais plus le voir ? J'ai perdu le fil de mes pensées entre sa présence et son absence. J'imitais mon aîné en levant et baissant mon poing à répétition tout en refrénant mon « double moi », mais je me sentais mal à l'idée de mal me comporter. Épuisée de crier, je lui ai demandé :

— C'est quoi un « professeur titulaire » ?

— C'est un professeur qui a des responsabilités dans l'institution académique. Pour nous, cette responsabilité est complice. Mieux vaut ne pas se frotter à ce genre de chien à la solde du gouvernement.

Soudain, les professeurs se sont élancés vers nous. Comme ils n'avaient pas réussi à convaincre les étudiants de se disperser, ils sont entrés en action : « Dans quel département es-tu ? Donne-moi ta carte d'étudiant ! » grondaient-ils. Le professeur vociférait tandis que ses bras, désormais libres, s'agitaient.

J'ai découvert le vrai visage des professeurs : la sagesse et la dignité, que je croyais leurs qualités, m'apparaissaient dorénavant, au contraire, comme de la bassesse et de la fourberie. La bleusaille innocente que j'étais guettait l'occasion de faire surface sur mon visage tel un poinçon prêt à transpercer un sac. Mais pour être comme mon aîné, résolu et inébranlable, j'ai réprimé les protestations de celle qui sommeillait en moi.

Le rassemblement s'est dispersé dans le calme. Sans meneur ni intention politique tangible des étudiants, les professeurs et les policiers en civil ont fini par partir. J'ai retrouvé mon tuteur, qui m'a conduite au club des étudiants : il semblait vouloir m'interroger, mais je souhaitais rester avec Myeong-ho. J'espérais le croiser, car il nous fallait passer près de la butte où traînait son groupe. J'ai alors feint de discuter sérieusement avec mon tuteur. J'ai dessiné dans le vide avec mon doigt, je n'ai cessé d'acquiescer ou de grimacer. Alors que nous nous approchions de Myeong-ho et de son groupe, je leur ai jeté un regard comme si c'était par pur hasard, un simple coup d'œil involontaire, mais dans lequel pouvait se lire ma surprise de les voir encore présents ici.

Myeong-ho m'observait avec attention. De la main, il m'a fait signe de venir vers lui. Je me suis arrêtée. J'ai désigné du regard le tuteur et incliné plusieurs fois de la tête pour lui faire comprendre que j'étais dans une situation compliquée, puis j'ai fait signe d'attendre. Au bout d'un moment, sans y croire, j'ai demandé à mon tuteur si je pouvais le laisser. Contre toute attente, il a simplement approuvé puis a filé sans la moindre hésitation. Soudain, derrière moi, quelqu'un m'a appelée :

— Son Mi-ok !

C'était Cha Jong-tae, à quelques mètres de moi. Ce garçon m'intriguait. Nous étions chacun dans un cercle contestataire, bien qu'à cette époque tous les cercles fussent séditieux. Nous en avions déjà parlé de manière allusive. Je me suis respectueusement inclinée devant mon tuteur, puis me suis dirigée vers Myeong-ho. Mais Cha Jong-tae accourait déjà vers moi, le lac bleu pâle, les petits et gros rochers gris et un pont de nuages se découpant derrière lui.

— Qu'y a-t-il ?

— On va boire un verre de *soju*...

— De *soju* ? Quelle chance.

Jong-tae s'est mordu légèrement la lèvre inférieure, comme un tic. Et, de cette façon touchante qu'ont les hommes immatures, chez qui se trouvent une crainte du rejet et, en même temps, le courage de se débarrasser de cette peur, avec un ton à la fois puéril et affectueux, il a lancé :

— Viens avec nous. Tu avais bien dit que tu voulais goûter le *soju* la dernière fois, non ?

Alors que Jong-tae et moi cheminions, Myeong-ho m'a interpellée :

— Hé, Son Mi-ok ! Quand je te dis de venir, tu pourrais te dépêcher un peu, non ?

— Je suis là, ça se voit, non ?

Je n'étais plus avec le groupe de Myeong-ho, mais bien avec celui de Jong-tae. Comme le dit Milan Kundera, si l'oiseau des hasards de Myeong-ho s'était posé sur mon épaule droite, un nouvel oiseau, envoyé par Jong-tae, avait volé jusqu'à mon épaule gauche. Parmi tous les oiseaux de la terre et des cieux, je n'ai jamais pu oublier ces oiseaux des hasards qui s'étaient posés en même temps sur moi.

*

J'aimais que l'on prononce mon nom, et cela me venait de ma mère. Elle récitait des poèmes qui, avant que nous dormions, transformaient notre lassitude en un merveilleux songe. J'imaginais que moi, l'héroïne de la légende de l'oiseau bleu, en allant ici et là, tous connaissaient mon nom à travers leurs dires, me savaient sagace et pure, singulière mais calme, une fille unique. Je rêvais que l'on m'appelle « Agnès », nom de la femme évoquée dans le poème que déclamait ma mère.

Avant l'arrivée brutale de la famille de ma mère chez nous, ma mère et nous vivions tranquillement dans la joie et la tendresse. Et toujours, au moment du coucher :

— Maman ! Un long poème, s'il te plaît.

— Oh là là, ces enfants qui ne dorment pas et quémandent !

Elle finissait par obtempérer. Elle fermait les yeux, comme l'on s'échauffe pour la pratique d'un sport. Je l'observais avec attention, attendant que débute sa récitation. Elle respirait et expirait puis commençait à déclamer le poème avec douceur. Sa voix était très particulière.

— Quand le rideau des ténèbres s'abaisse, la mer est encor' plus vaste.

Elle séparait les vers par une profonde inspiration.

— Seule, je m'assois sur la plage et observe les vagues dansantes.

Je m'appliquais à me représenter mentalement chaque vers. Les blanches écumes qui se brisaient sur la plage enveloppée dans l'obscurité. Mystérieusement, un sentiment de peur m'envahissait.

— Les effluves intenses qui envoûtent mon âme en débordent comme les vagues de mon cœur.

Semblant vouloir apaiser mes craintes, elle mettait de la douceur dans sa voix sur un ton un peu nasal. Je goûtais à ces syntagmes mielleux comme à autant de confiseries. Ma mère ne reprenait alors pas son souffle, mais tirait violemment le fil tout sucre des sentiments.

— Par ce parfum à ton intention, tu m'enveloppes où que tu sois, tu m'appelles où que tu te trouves, en tout lieu, n'importe où.

Ma mère expirait alors bruyamment quand le désespoir sucré prenait fin. Un froid traversait mon dos en même temps que sa vive respiration.

— Même dans le souffle du vent, même dans le flot des vagues, même dans les frémissements des soupirs de ma poitrine.

À ce moment-là, sa voix devenait de plus en plus puissante, son cou ne s'arrêtait pas de frémir. J'observais avec anxiété son menton remonter à chaque nouvelle étape accordée à la régularité « du souffle, du flot, du frémissement ». Je fermais les yeux quand je sentais qu'une situation tragique survenait brutalement. Je ressentais le tempérament poétique de ma mère dans lequel ressortait une résistance violente à quelque chose, le désir de l'anéantir. Sa voix me perçait les oreilles avec d'autant plus de frayeur, rien n'était aussi glacial que son timbre. « Ah, c'est donc la fin du monde ! » poursuivait-elle, et je fermais plus fort mes yeux puis les rouvrais d'un coup. La déclamation de ma mère arrivait à son paroxysme. Elle baissait les paupières, levait le menton et faisait trembler sa gorge...

D'un cri strident, plus perçant que retentissant, elle déclamait : « Moi, dans la forêt de Norvège, je déracine le plus haut des sapins », alors je m'imaginais un arbre arraché depuis ses racines dans une immense forêt. « Je le mets dans ce cratère vermillon de l'Etna rougeoyant », je ne savais pas ce qu'était l'Etna, quoi qu'il en soit, je visualisais l'arbre placé dans un lieu semblable à un immense fourneau puis les flammes éclatantes dévorer d'une bouchée les racines de l'arbre, et, au moment où je sentais cette fièvre brûler soudain mon visage, « Avec l'immense pinceau enflammé, continuait-elle, alors je le changeais en pinceau. Moi, j'écrirai sur cette toile de fond céleste noire d'encre. » Une fumée rouge sombre s'élève du pinceau enflammé, le ciel nocturne, et, Aa...

— « Agnès ! je t'aime ! », écris-je...

Dents et poings solidement serrés, ne sachant que faire, je ne faisais que fixer ma mère. À la hâte, elle ravalait sa salive, terminant ainsi les derniers préparatifs de la touche finale.

— De cette manière, chaque nuit tombée, brûlera cette écriture embrasée.

Des écritures écrites sur le ciel nocturne avec un pinceau enflammé...

— Notre descendance s'engendrera sans cesse, elle nous acclamera à la lecture de cette écriture céleste.

Maman eut un long soupir avant de lancer le dernier vers :

— « Agnès ! Je t'aime ! », écris-je...

Quand prenait fin le poème, ma sœur et moi poussions l'une après l'autre un soupir, et la tension se relâchait subitement. Avec exaltation, je lui demandais :

— Maman, comment tu fais pour connaître par cœur un poème aussi long ?

Elle gardait les yeux longuement fermés, l'air confus et les joues rosies, comme un athlète après une course de fond, et caressait doucement ma tête.

— Quand j'étais à l'école, notre professeur effaçait tout ce qui était écrit sur le tableau et nous disait de tout retenir et moi, j'apprenais tout par cœur sans faire aucune faute. Mais, maintenant, ma tête n'est plus aussi bonne, à force de tenir mon ménage.

Ma mère répondait toujours ainsi à mes compliments. Nous la rassurions en disant qu'elle était toujours aussi intelligente. Elle nous rétorquait que, pourtant, sa tête ne marchait plus aussi bien qu'avant, nous nous entêtions à lui répéter que si, jusqu'à ce qu'elle finisse par capituler.

— D'accord, et si vous me ressemblez, alors vous aurez vous aussi une bonne mémoire.

Sombrant dans le sommeil, je rêvais de la femme nommée Agnès. C'était un nom étrangement beau. De temps en temps, il m'arrivait d'imiter ma mère et de réciter le vers du poème : « Agnès ! je t'aime, écris-je... »

Je devenais alors cette Agnès, mais également l'âme sœur qui lui déclarait son amour à en mourir. Je fermais fortement les paupières, levais le menton et faisais trembler ma gorge. Après avoir crié « Agnès », je prononçais le « je » d'une façon pleine de dignité et l'objet « t' » de manière étirée, comme si cela me revenait à l'esprit. À la manière de la gamme *do-mi-sol*, je déclamais « je t'aime » avec un ton pathétique tout en variant l'intonation ; puis, comme pour faire un écho, je terminais en prononçant « écris-je » avec une gamme *do-do-do*.

— Agnès ! Je t'ai-, *do-mi-sol, do-do-do*...

Même au cœur des rêves où ma tête plongeait en premier dans le tumulte des vagues déchaînées ou au sein d'un brasier furieusement enflammé, j'entendais une voix appeler mon nom avec passion, se brisant comme un sanglot à l'orée de mes oreilles.

*

Le jour où, avec Jong-tae et les autres, j'ai goûté pour la première fois au *soju* dans un minuscule et vieillot bistrot d'étudiants, j'ai tout vomi. Chaque fois que je m'enfilais un verre de *soju*, j'avalais une cuillerée de la soupe du ragoût de kimchi servi dans une casserole en argent. Tous me regardaient d'un air étrange alors que j'enchaînais les verres de *soju*. Seul Jong-tae leur a expliqué :

— Mi-ok réalise enfin son rêve.

La conversation s'est naturellement tournée vers le rassemblement.

— Vraiment, je ne comprends pas ! a lancé une étudiante dénommée Jeong Su-jin, les yeux aussi ronds que sa figure.

Son accent de la province du Gyeongsang et sa voix flûtée tranchaient avec ses mots brusques. Dès que nous avions tous porté notre regard sur elle, quand bien même elle s'était préparée à devenir le centre de l'attention, elle a baissé le visage, confuse, avant d'ajouter à toute vitesse :

— Pourquoi doit-on être mis dans une telle posture ? Qu'on le veuille ou non, ce sont des professeurs, des précepteurs de qui nous allons apprendre. Je ne comprends pas qu'on puisse oser leur demander de démissionner !

J'avais eu les mêmes réflexes de pensées que Su-jin. J'ai remué sur ma chaise, mal à l'aise, tandis qu'une tout autre moi, assise dans le minuscule bistrot, buvait jusqu'à plus soif. Cette moi souhaitait être perçue comme un vétéran ayant traversé toutes sortes de vicissitudes, et jugeait sans pitié Su-jin et la jeune fille en moi. J'étais coupée en deux. De toute façon, l'université, n'est-ce pas le lieu qui a dévoilé à mes yeux des choses différentes ? L'université n'a-t-elle pas pour ambition de discuter de l'envers des choses ?

— Ce qu'il s'est passé aujourd'hui m'a fait réfléchir.

Mon regard perdu s'est fixé sur Jong-tae qui venait de prendre la parole.

— Je pense que nos revendications...

Nos revendications ? J'étais dorénavant sûre et certaine qu'il faisait bien partie du *eondeo*.

— Nos revendications sont légitimes, mais… s'il faut les obtenir par la force…

Tout comme les étudiants plus âgés, il avait bien utilisé l'expression « obtenir par la force ». Malgré son ton hésitant, sa voix restait magnétique.

— Je me demande s'il n'y a pas d'autres solutions que cette manière de lutter. Dans notre cas, nous avons beaucoup de choses à apprendre.

J'entendais résonner les propos maladroits mais clairs de Jong-tae dans mes oreilles comme une réfutation nette de l'avis de Su-jin ; cependant, Su-jin semblait l'avoir compris comme une défense de sa pensée. Su-jin redoublait d'ardeur, mais elle le cachait derrière sa voix froide et, tel un fragile récipient de verre, mal à l'aise, elle a alors continué :

— Je pense que Jong-tae a raison : il y a beaucoup de choses que nous devons apprendre. Il ne faut pas que nous allions trop vite en besogne en prenant ou faisant prendre des décisions hâtives.

Un silence s'est ensuivi un court instant. La porte s'est doucement ouverte en coulissant, et un corps magnifique s'est introduit dans la petite pièce sombre.

— Ils exagèrent, vraiment ! a crié la retardataire énervée.

No Mi-hye semblait être de faible constitution, elle avait le minois et le corps svelte d'une poupée.

— Quoi encore ?, a lancé Myeong-ho en rigolant.

— Les toilettes ! C'est vraiment n'importe quoi !

Intriguée, j'ai demandé quel était le problème, alors les garçons se sont mis à ricaner. Mi-hye a approché son visage pâle poudré et m'a susurré : « Je t'expliquerai après. »

Son parfum puissant s'est éloigné. La fraîcheur de son odeur avait comme légèrement perlé sur le bout de mon nez. Sans porter la moindre attention à ceux qui m'entouraient, les narines bien ouvertes, j'inhalais chacun de ses effluves.

— Pour reprendre ce qu'on disait plus tôt, comme a dit Jong-tae, on commence tout juste à marcher sur nos deux jambes…

Dès que Su-jin a repris le fil de son propos, l'ambiance de la petite pièce, qui commençait à se détendre, s'est de nouveau crispée. Mi-hye a porté sa main à son menton et incliné la tête sur le côté en posant son regard sur Su-jin ; Jong-tae, d'un air sérieux, a levé son verre. Myeong-ho, appuyé contre le mur, fumait une cigarette avec application. Ce qui l'occupait n'avait aucun rapport avec le rassemblement des étudiants : il s'inquiétait de devoir passer une troisième fois l'examen d'entrée pour la faculté de gestion ou de demander un transfert. Parmi les camarades se trouvaient aussi Ryu Han-yeong, avec son front étriqué et son long visage aux airs de calebasse. Il se grattait le crâne, la tête basse. J'observais Su-jin prendre une profonde inspiration : elle semblait s'apprêter à raconter une longue histoire, tout comme lorsque ma mère récitait des poèmes. Ses yeux ronds lorgnaient ici et là.

— Les étudiants plus âgés nous disent d'ouvrir les yeux sur la société et veulent que nous rejoignions les mouvements étudiants, mais chacun de nous voit les choses différemment, nous nous passionnons pour différentes choses, alors il me semble irraisonnable de nous obliger à participer à ce mouvement pour la démocratie. De plus, comme l'a dit Jong-tae, je me demande s'il ne faudrait pas que nous suivions notre propre voie tout en agissant de manière responsable, selon ce que chacun aura jugé avec intelligence…

Tout ouïe, je buvais lentement mon verre de *soju*. L'alcool me grisait, la voix geignarde de Su-jin sonnait comme une douce chanson. Je ne saisissais rien de son propos, mais il y avait dans son ton une sincérité qui m'avait touchée. Je l'écoutais, captivée. Soudain,

Han-yeong a relevé la tête et a fait sursauter tout le monde en l'interrompant d'une voix forte :

— Mais qui est le « nous » dont tu parles, bon sang ?

De ce que je savais, Han-yeong était très porté sur la sédition. Il affichait cela avec fierté, il s'enorgueillissait d'avoir un tel comportement. Dès que l'occasion se présentait, il essayait de s'affirmer auprès des étudiants plus âgés, et exhibait son esprit combatif. Parmi les personnes présentes ce soir-là, ceux qui pouvaient le plus adhérer aux propos de Su-jin devaient être : la jeune fille incapable qui se cachait en moi, et Ryu Han-yeong. Su-jin nous regardait désormais avec les yeux apeurés d'un lapin, surprise et méfiante de la question de Han-yeong. Nous avons regardé à notre tour Han-yeong pour qu'il explicite ses paroles.

— Dans ce que tu entends par « nous », je veux d'abord préciser que, moi, je ne fais absolument pas partie de cette « noue » là.

Il a dit cela très lentement de manière à donner suffisamment d'ampleur à l'effet homonymique. Un sourire naïf s'est dessiné un instant sur son visage. Mais cet éclaircissement n'a fait que nous crisper un peu plus. Même Myeong-ho, qui jusque-là fumait d'un air distant, a corrigé sa posture et posé son regard sur Han-yeong. Ce dernier a effacé son rictus avant de continuer :

— Et aussi, je voulais dire : tu te crois intelligente, mais tu n'es pas la seule maline ici.

Su-jin scrutait le visage de Han-yeong. Nous autres regardions tour à tour ces deux-là se toiser. Les joues rondes de Han-yeong se sont contractées comme si une dent de lait le gênait encore, et il a ajouté :

— Si tu n'avais ne serait-ce qu'une seule fois pensé au sens du rassemblement d'aujourd'hui, à ce que signifie la libéralisation de l'université, tu n'aurais sans doute pas parlé à tort et à travers comme tu viens de le faire. C'est dans ce genre d'attitude qui prétend représenter la pensée de tous, alors qu'il ne s'agit que de la tienne, que commence le dogmatisme.

— C'est ce que j'ai fait ? a protesté Su-jin avec virulence.

Comme si elle n'existait plus, Han-yeong a repris la parole, tel un chef :

— Et puis, à mon avis, Jong-tae n'est pas d'accord avec toi, au contraire, je l'ai plutôt entendu comme une contestation totale de ce que tu disais. Le débat ne pourra jamais avoir lieu si on joue à interpréter comme on veut le propos des autres.

— Hé bien désolée si j'ai mal compris Jong-tae !

Mi-hye m'a tapoté l'épaule puis, yeux brillants et sourire figé, elle m'a demandé :

— Houla, mais ils ont quoi tous les deux ?

Je baignais à nouveau dans son parfum. Malgré mon ivresse, je lui ai signifié de continuer à les écouter en silence.

— Je m'excuse si je me suis méprise. Dans tous les cas, j'ai juste dit ce que je pensais.

Su-jin comptait mettre fin à la discussion de cette belle manière, mais Han-yeong a répliqué d'un ton sévère :

— Comme tu n'arrêtais pas de dire « nous », « nous », « nous », moi aussi, j'ai tout simplement dit ce que je pensais. Il faut faire attention quand on écoute et quand on parle de l'opinion des autres. Moi non plus, je n'avais pas l'intention de dire que les mouvements étudiants sont bien ou qu'ils agissent bien, mais, en t'écoutant, j'ai juste compris que tu avais beaucoup trop d'a priori.

Su-jin, impassible, se contentait désormais de toiser Han-yeong. Impuissants, nous nous inquiétions de savoir jusqu'où il avait l'intention de poursuivre cette querelle.

— Tu ne penses pas que c'est un problème de dire que nos aînés ne pensent qu'à eux et de mettre seulement en avant ton désaccord ? De ce que je sais, l'université n'est pas un lieu où l'on force les gens à avoir la même pensée et, pour cela, il faut avoir une posture intellectuelle qui comprend et respecte la pensée d'autrui. Mais si tu rejettes tout ça et prétends que seule ta logique est correcte, alors tu valides le fascisme et la dictature militaire.

J'ai été surprise de voir que Su-jin ne montrait aucune réaction, comme si cela n'avait rien à voir avec elle. Pire, elle a bombé la poitrine et changé sa posture pour exprimer sa lassitude face au long discours de Han-yeong. Cependant, assise à côté d'elle, j'ai remarqué qu'elle ne se détendait pas. Elle enfonçait et relâchait jusqu'au sang l'ongle du pouce de sa main gauche dans sa paume droite. La marque cramoisie de l'ongle sur sa paume indiquait son impuissance à dissimuler la profondeur de sa blessure. Au bout d'un moment, le sang a perlé, sa main s'est imbibée de vermeil. Le sang a coulé jusqu'au linoléum sous la table et est venu tacher le bout des chaussettes de Han-yeong assis en face. Celles-ci, étant noires, ne montraient pas le moindre changement de teinte, quand bien même elles absorbaient le sang. Estomaquée, j'ai baissé la tête pour voir la scène de plus près.

C'est arrivé à ce moment-là. Je venais de boire mon huitième verre de soju quand j'ai laissé échapper un « eurk » en même temps qu'un liquide rougeâtre, qui a jailli de ma bouche et s'est déversé sur mon pull bleu. Quelqu'un s'est hâté de tenir sous mon menton un grand bol de nouilles froides à base de sarrasin, et mes haut-le-cœur n'ont pris fin qu'après que le bol a été rempli à ras bord.

Je me suis d'abord essuyé la bouche avec le mouchoir vert amande et parfumé que m'a tendu Mi-hye, avant de nettoyer mon haut taché de vomissures, qui dégageait une odeur âcre. Je l'ai enlevé, roulé et fourré dans mon sac. Tous ont raillé mes bras nus. Ce n'étaient pas de vraies moqueries, mais des taquineries dont le seul but était de réchauffer l'atmosphère, tels des remerciements pour avoir vomi au bon moment. Les conversations ont recommencé à fuser, comme lorsqu'un événement bienheureux a lieu.

— Je me disais bien… Tu ne faisais que siphonner le *soju* sans rien manger, s'est moqué Myeong-ho.

— Félicitations ! Mi-ok est désormais une pochetronne accomplie ! m'a congratulée Jong-tae.

Dans l'euphorie, alors que j'annonçais vouloir reboire et qu'ils tentaient de m'en dissuader, Mi-hye m'a gentiment dit :

— Tu dois avoir froid.

Aussitôt, Han-yeong a enlevé son blouson et me l'a tendu. Intrépide, j'ai eu beau refuser, il s'est approché de moi, blouson en main, et, sans un mot, l'a posé sur mes épaules avant de regagner sa place. Cet « oiseau des hasards » inattendu semblait faire son nid le long de mon dos.

*

À l'époque de mon entrée à l'université où, cheveux coupés court dans le vent, je me pavanais dans le campus comme un poulain libéré de sa bride, la fac me semblait être un palais de romance. Dès qu'on me témoignait un peu d'affection, j'inscrivais ce geste dans ma liste « signe d'amour » ou plutôt « signe d'une mystérieuse sympathie ». Par exemple, lorsque Myeong-ho m'avait par deux fois réclamé une poignée de main, l'une d'elles avait été particulièrement longue ; une fois, Jong-tae avait accouru vers moi et m'avait adressé la parole, le cœur débordant d'enthousiasme ; et cette autre fois, Han-yeong, malgré son attitude distante dans le bistrot, avait posé son blouson sur mes épaules et ainsi offert une chaleur inattendue.

Chaque événement était le présage d'un nouvel amour imminent. Mon cœur d'Ali Baba répondait de manière égale à toutes ces marques d'intérêt, semant ainsi la confusion entre les voleurs de mon cœur avide des trésors de l'amour.

Après avoir vomi, je me suis sentie l'esprit plus clair. En baissant la tête, je vis qu'il ne restait plus aucune goutte de sang au sol, comme si quelqu'un avait l'avait parfaitement nettoyé. Et c'est dans cette soudaine giclée de vomi, en un sens, que ma vie universitaire a commencé.

FAIM OU JALOUSIE

Il tombe une pluie printanière.

Les jours pluvieux, je me réveille plus tôt que d'ordinaire à cause de la lourde humidité. Par la porte d'entrée qui donne sur la rue, j'entends le vacarme des camionnettes des vendeurs de légumes, de poissons, d'œufs et leur racolage au mégaphone. Des tambourinements pluvieux s'acharnent à pénétrer mes oreilles, je me réveille d'un sommeil agité après avoir bougé dans tous les sens.

J'ai englouti la journée d'hier tout comme on dévore un kaki séché retiré de sa natte, il ne reste plus que six jours avant le déménagement. Je m'extrais de mon nid, mets en ordre mes vêtements et les enfile. Des habits que j'ai enlevés se dégage une légère odeur rance. Depuis que j'ai décrété que c'était bon pour la santé, tous les matins je me prépare une soupe. Aujourd'hui encore, n'ayant presque rien à manger, comme cela fait plusieurs jours que je n'ai rien acheté, je farfouille dans le frigo et le garde-manger. Nombreuses sont les soupes que j'aimerais faire, mais je me retrouve souvent à cuisiner une lavasse non identifiée, à base de sel et de sauce soja, que j'ai intitulée « soupe insipide ». Pour être honnête, je pense que de l'eau plate serait plus savoureuse, mais mon idée du premier repas est désormais incrustée dans ma tête comme un clou enfoncé dans un mur, et je tiens bon avec ma soupe insipide et un peu de riz en accompagnement.

Mon esprit s'emballe. Le souvenir et l'imagination forment une tout autre cuisine. Ils s'affairent à préparer à la hâte un plat qui convient aux jours de pluie, l'un et l'autre soigneusement coordonnés, comme d'un couteau et d'une planche à découper. Alors que je bois mon bouillon insipide, j'imagine de délicieuses autres soupes. Une soupe aux mauves verticillées, une soupe aux choux, aux pommes de terre, le réconfort d'une soupe de pousses de soja ou le piquant d'une soupe de kimchi…

Durant un court instant, ma langue semble docilement assujettie à ces machinations. Elle n'est cependant jamais bernée bien longtemps. Elle connaît le cheminement des souvenirs gustatifs qui n'ont jamais eu lieu. Ma langue, autrement dit mon appétit, s'est réveillée lors de mes onze ans. Et l'éveil n'est pas toujours souhaitable dans la vie.

*

Le printemps de cette année-là, la famille de ma mère a débarqué chez nous. Ma mère, qui maniait la métaphore, a décrit cette arrivée en masse comme « l'utilisation de la tactique de la marée humaine à la manière de l'Armée des volontaires du peuple chinois ». Ma tante cadette et sa fille Min-jeong sont arrivées, suivies de ma grand-mère et de ma tante benjamine et, pour finir, de ma belle-tante et d'Hyeon-u. Dès lors, la marmite débordante de pièces d'or a commencé à s'alléger.

Ma tante cadette était mariée et avait même donné naissance à Min-jeong, mais à cause d'une situation compliquée dont elle ne parlait pas, elle ne pouvait, disait-elle, que se résoudre à vivre en notre compagnie. Au début, elle demeurait bien discrète, mais, plus tard, comme elle le criait d'elle-même sur tous les toits, tous ont su que cette situation compliquée se résumait au très simple fait que son mari l'avait trompée et ne s'occupait plus d'elles, puisqu'il entretenait un second ménage.

— Bizarrement, c'est après avoir donné naissance à Min-jeong qu'il a commencé à traîner dehors. D'après la voyante de Gyomun, leur relation père-fille est frappée d'un mauvais sort…

La mère imputait toute la faute à sa fille de huit ans, alors Min-jeong, pour témoigner de son sentiment d'injustice, avait développé des cordes vocales exceptionnelles quand il s'agissait de hurler ou de pleurer.

— *Haïgo* ! Quelle bourrique, cette chipie !

Il suffisait qu'elle entende le cri de Min-jeong pour que ma grand-mère secoue la tête. Cette dernière, qui avait résumé ma naissance par un « encore une fille », était presque veuve. Ses filles disaient que mon grand-père maternel avait été enlevé par des soldats lors de la guerre. Chaque fois qu'elle en parlait, ma mère mentionnait toujours l'écrivain coréen Yi Gwang-su qui avait lui aussi été enlevé. Comme s'ils avaient été enlevés ensemble. Je ne comprenais pas la valeur politique de l'expression « enlèvement par le Nord », cependant, à la manière d'en parler de ma mère, je la considérais comme un terme très affligeant qui, en même temps, sous-entendait un honneur proportionnel à la gravité de ce malheur. Je ressentais une fierté infinie à l'idée d'avoir un si glorieux grand-père dans ma famille. Ma grand-mère, devenue « veuve d'un vivant », n'avait guère eu le loisir d'éprouver une telle fierté. Se sentant incapable de gérer un patrimoine familial, elle avait tout légué à son fils, imprudemment.

Ma grand-mère était une personne guillerette, au teint brun et à l'air charitable. Après le déjeuner, il lui arrivait souvent de faire la sieste en écoutant la cassette d'un feuilleton radiophonique bouddhique.

— Nombreux sont les moines qui font l'aumône, mais seul un moine le peut, puisqu'il ne possède rien et n'apporte que ce que lui-même va consommer. Mais mon cœur est plus attiré par ce moine…

Alors que retentissait la voix claire de la lectrice qui jouait la moniale, le visage endormi de ma grand-mère devenait aussi lisse que la surface d'une statue du Bouddha. Néanmoins, elle arrivait parfois très bien à se métamorphoser en une méchante mémé. Il suffisait qu'elle s'énerve pour déclencher chez elle une réaction explosive contrevenant à ses enseignements bouddhistes : le coin de ses yeux tressautait, les pattes d'oie s'agitaient, la commissure de ses lèvres, qui commençait à se déformer, remuait à toute vitesse lorsqu'elle s'acharnait à maudire la source de son malheur. Son visage devenait horrible, comme une poterie qui noircit et se fissure au contact d'un feu trop fort. Ma belle-tante disait que c'était le « visage d'une marâtre affamée pendant trois jours ». Comme l'ire de ma grand-mère se dirigeait toujours vers elle, cette dernière en connaissait parfaitement les métamorphoses et les changements. Il m'arrivait souvent de trouver dans la cuisine ma grand-mère avec une expression furibonde face à sa belle-fille aplatie devant elle, prête à tout supporter tant qu'elle n'était pas chassée.

Mon oncle, le trésor de ma grand-mère et le mari de ma belle-tante, ressemblait comme deux gouttes d'eau à mon grand-père. Depuis tout petit, il était taciturne et d'une incroyable intelligence, disait-on. Mais à la surprise générale, il avait été recalé de toutes les meilleures universités du pays. Ma grand-mère n'avait pu se permettre de montrer sa déception, car son fils avait décrété qu'il se jetterait dans le fleuve Han si on mentionnait cette déconvenue. Personne ne voulut prendre le risque de perdre l'homme héritier de la famille, et les femmes réussirent à le persuader de passer les examens d'entrée des universités de second rang. Ce qu'il fit de mauvaise grâce car, d'après lui, ce n'étaient que des universités médiocres en comparaison de ses capacités. Cependant, il finit par obtenir son diplôme, mais à peine diplômé, refusa la proposition d'un poste alléchant. À la place, il se rendit régulièrement dans la petite entreprise d'un ami, où il fit quelques bénéfices par de petits placements. Mais il finit par tout perdre, lui qui se pensait à l'abri de toute défaite. Au bout du compte, sans le moindre sou, pourchassé par ses créanciers, il avait fini par prendre la fuite. C'est la raison pour laquelle toute la famille de ma mère était venue vivre à nos crochets.

Il passait parfois la nuit en coup de vent chez nous, et était pour moi comme un membre fantôme de la famille. Bien sûr, petite, je l'avais déjà rencontré, mais mon souvenir était vague et irréel. M'inspirant de divers récits, j'avais tenté de me représenter son apparence en usant de mon imagination. Les femmes disaient qu'il avait un « physique agréable », alors je lui donnais une bonne corpulence et une grande taille. Le visage ovale de beau garçon que mon père arborait sur les photos de sa jeunesse était à mon goût, mais quand les membres de la famille regardaient ces photos, ils ne lui trouvaient aucun intérêt, et disaient qu'il était loin d'avoir une aussi belle figure que mon oncle qui lui, avait une apparence « virile et inspirant la confiance ». Je finissais par supposer que mon oncle ressemblait au Bouddha que ma grand-mère vénérait tant. Il aurait mieux valu qu'il soit mort, afin que je ressente la même révérence que j'éprouvais pour mon grand-père enlevé par la Corée du Nord.

Les jours où, contrairement à leur désagréable relation habituelle, je trouvais ma grand-mère et sa belle-fille, visages enflés, chuchotant après avoir sangloté toute la nuit, je savais que mon oncle était sans doute passé secrètement cette nuit-là.

— Il est devenu maigre comme un clou ! Absolument méconnaissable…

Ma grand-mère ne cessait d'éponger ses larmes en s'attristant de ne pouvoir retirer des tranches de sa chair pour les donner à son fils. À ses pleurs, je me trouvais submergée par le doute. L'apparence imaginée de mon oncle volait en éclat : de bel homme, il ne serait désormais plus qu'un paquet d'os. Mais quand je questionnais à son propos, ma mère secouait la tête avec un air maussade, tout comme lorsqu'elle entendait parler d'« enlèvement par la Corée du Nord ». Mon cousin Hyeon-u était plus bavard, même s'il se comportait comme un singe.

Hyeon-u avait douze ans, soit un an de plus que moi, et ma grand-mère lui consacrait tout son amour, le considérant comme le substitut de son fils, l'héritier de la famille. Avec ses dents proéminentes et son air coquin, c'était une vraie tête de lard. Comme, malgré notre différence d'âge, nous étions de la même année scolaire, je ne l'appelais pas *oppa* – grand frère. Agacé, il ne manquait pas s'en plaindre à notre grand-mère. Il n'avait absolument rien de la réserve de mon grand-père et de mon oncle.

Ma tante benjamine, elle, affichait constamment un air déprimé. Elle était vieille fille et n'avait toujours pas trouvé de parti. Très maigre et droite comme un piquet, elle errait dans les pièces, ici et là. Susceptible comme un chat et piquante comme une flèche, elle s'irritait pour un rien et prenait à partie n'importe qui, c'est pourquoi nous, les enfants, l'évitions.

La douce vie que nous menions, ma mère, ma sœur et moi, s'écroula avec l'arrivée de ces nouveaux membres dans notre foyer. L'intensité de notre amour se dilua dans la réorganisation de la grande famille. Notre mère, nouvellement armée de la prestance d'une digne matriarche, courait tant partout qu'elle ne pouvait plus s'occuper de nous. Grâce à notre brave père qui nourrissait désormais neuf bouches, notre mère, en avant-poste, commandait, gérait et régissait toutes les affaires de la famille. Elle devenait de plus en plus ferme et effrayante. Ses changements me peinaient. Nous ne passions plus de temps ensemble.

*

Dès le réveil, les neuf membres de la maisonnée s'affairaient comme des fourmis.

Personne ne lisait le journal ou ne regardait la télévision, c'était la particularité de notre maison sans homme adulte. La grande famille déjeunait en dépliant deux tables basses dans la chambre des femmes, une grande table carrée en bois pour les adultes, une petite table en fer-blanc légère et ronde pour les enfants. Dès le début, la question de la place avait tourné au conflit.

Les places d'honneur de la table des adultes étaient accordées à ma grand-mère, selon la hiérarchie générationnelle, et à ma mère, selon la hiérarchie des biens. Elles étaient assises côte à côte. En face, ma tante cadette et ma tante benjamine. Elles étaient tout autant deux bouches à nourrir que ma belle-tante, mais, profitant de leur privilège de grandes sœurs de l'époux, elles pouvaient s'asseoir la tête haute à la table des adultes. Ma mère faisait asseoir ma sœur au bout de cette table. La belle-tante déjeunait avec Hyeon-u, Min-jeong et moi sur la table en fer-blanc. Ma grand-mère avait souvent du mal à digérer son repas car elle ne pouvait accepter que ma sœur soit assise à la table des adultes à la place de Hyeon-u, le seul homme de la maisonnée et héritier. Avant le début du repas, ma mère, indifférente au mécontentement de sa mère, nous appelait d'une voix fluette, comme lorsque nous vivions toutes les trois :

— Mi-seon ! Mi-ok !

— Oui, mère.

Puis elle nous demandait d'une voix grave :

— Quand sont les congés de votre père ?

— En octobre.

— En octobre, vous êtes sûres ?

— Oui, mère.

— Bien. Remercions votre père avant de déjeuner.

— Père, je vous remercie pour ce repas !

Les autres gardaient le silence et, d'un air gêné, attendaient que finisse le rituel. À travers ses filles, ma mère voulait rappeler à toute la tablée que son mari rentrerait. De plus, le jour de la lettre hebdomadaire que nous envoyions à notre père, elle ajoutait en haussant la voix :

— Mi-seon ! Mi-ok ! Vous devez écrire la lettre pour votre père avant cette nuit, hein ? Lui qui se tue à la tâche au fin fond de l'océan pour payer vos études et nous permettre à tous de subsister.

Malgré ces nombreux rappels, tout le monde oubliait bien vite notre père. Ma grand-mère donnait plus d'importance à Hyeon-u. « Comment ose-t-on mettre le successeur de la lignée avec des filles et les faire déjeuner ensemble ? Il devrait être assis avec son grand-père et son père, à qui l'on sert les mets goûteux et les viandes », s'affligeait-elle tout bas, observant son précieux petit-fils se remplir le ventre aux côtés de ses cadettes.

Ma belle-tante s'occupait de la table en fer-blanc, celle des enfants. Elle disposait devant Min-jeong et moi kimchis ou légumes verts marinés, légumes saumurés, pois de soja mijotés ; l'omelette roulée, les rondelles de saucisse et le sauté de calamar devant Hyeon-u. Elle feignait de partager équitablement, mais il me semble que Hyeon-u avait de plus grosses parts que les nôtres. Ce n'était pas mes yeux, mais bien ma langue salivante qui avait perçu la manière dont elle répartissait les feuilles d'algues, l'omelette et les rondelles de saucisses, et coupait le calamar avec ses baguettes. Hyeon-u mangeait même la portion de sa mère, et si c'était encore insuffisant, il larmoyait, le regard dirigé vers notre grand-mère, ses dents encore plus en avant. Sa grand-mère détournait alors par n'importe quel moyen les mets de sa table et les disposait vers sa belle-fille avec discrétion.

Au contraire de Hyeon-u qui réclamait les mets, la petite Min-jeong satisfaisait ses besoins par de petites manigances. Bien que sa voracité n'eût rien à voir avec celle de notre cousin, elle piquait légèrement sa mère avec ses baguettes et pleurnichait :

— M'man, m'man, donne-moi juste une feuille d'algue.

La tante cadette, plus rapide qu'un aigle, se saisissait discrètement de deux feuilles en faisant mine de n'en prendre qu'une, et les jetait aussi vite que l'éclair dans le bol de riz de sa fille. Je mangeais à table le cœur rempli de rancœur, et ma mère, assise au loin près du mur, ne devinait rien du mal qui me rongeait.

Durant les repas, ma tante cadette prenait le monopole de la conversation. Elle était intarissable sur l'harmonie des saveurs et commentait le moindre détail des plats. Les adultes mais aussi les enfants prêtaient l'oreille aux techniques d'harmonisation gustative et mangeaient en l'imitant. Bien entendu, elle maîtrisait les combinaisons ordinaires dont tout adulte avait connaissance, comme les galettes coréennes les jours de pluie, le kimchi frais avec le bouillon de nouille *kalguksu*, le bibimbap et le tofu frit, mais également des combinaisons encore plus riches, par exemple : garnir les feuilles d'algues bien cuites de tranches de radis blanc saumuré ; saupoudrer de poudre de piment et poser une tranche de kimchi blanc sur la cuillère de riz venant d'être plongée dans la soupe de soja fermenté ou, s'il n'y avait pas de kimchi blanc, le remplacer par la partie blanchâtre d'une tranche de kimchi préalablement nettoyée de ses épices ; ou encore manger le riz à la pomme de terre sautée à l'huile de sésame en y déposant à chaque cuillerée du kimchi fraîchement préparé, peu salé et moins fermenté, ou encore mettre des coquillages saumurés avec de l'ail émincé dans un bol de riz couvert d'eau froide... Ainsi se vantait-elle d'une liste sans fin de combinaisons culinaires de premier ordre. Je gravais chaque idée dans le répertoire de mon esthétique culinaire. Un jour, je l'entendis raconter à ma mère :

— Tu sais, l'été, j'aimais aller sur la terrasse de mon propriétaire, où sont stockés les jarres de condiments, prendre une cuillère de pâte de piment dans chaque jarre, et manger après avoir bien mélangé.

— De la pâte de piment encore pure ?

— Oui, je voulais savoir quel goût ça avait. J'ai vu la femme de mon propriétaire : elle coupe en toutes petites tranches le concombre qu'elle met sur le riz de ses enfants, le presse et y verse quelques gouttes d'huile de sésame. Elle ajoute ensuite une cuillerée de pâte de piment, mélange tout et s'assoit sur la terrasse pour se régaler. Par curiosité, j'en ai mangé une cuillerée, c'est pas mal du tout. La pâte de piment de chez vous est délicieuse, nous devrions essayer cette recette en été.

Mais le jour où ma mère prépara le concombre saumuré, elle ne me permit pas de me rendre sur la terrasse pour prendre directement une cuillerée de pâte de piment, ni même de déguster mon plat assise négligemment sur une marche. Silencieuse dans un coin de la salle à manger, je m'imaginai goûter ce bibimbap de concombres saumurés, à la fois salé et pimenté, suffisamment pour en brûler la bouche, sous les rayons ardents du soleil. Mais il avait la même saveur amère que le rouleau de gimbap préparé pour un pique-nique tristement mangé en classe un jour de pluie. Depuis que ma belle-tante préparait mes déjeuners, tous les goûts étaient pareils à celui des paniers-repas trop odorants que l'on ne finit jamais.

*

Après le petit-déjeuner, je mettais le sac de mon panier-repas sur mes épaules et je marchais d'un pas lourd jusqu'à l'entrée. Ce n'était pas ma mère aimante qui me saluait lorsque je m'apprêtais à sortir pour aller à l'école, mais ma grossière tante cadette.

— Plus Mi-ok grandit, plus elle s'étire comme des couilles de bœuf en été, vous trouvez pas ?

Elle n'avait pas tout à fait tort. Je ne supportais plus de me voir grandir depuis les vacances d'hiver. Mes jambes chancelaient toutes seules et, comme parfois elles prenaient d'étranges positions pour revenir à ma petite taille du passé, elles paraissaient bien vilaines. J'étudiais avec diligence pour ne pas sembler débile, mais en vain : les élèves de la classe me prenaient pour une parfaite idiote. Je voulais me faire des confidentes auprès de qui épancher mes secrets, mais il était absolument impossible qu'une fille comme moi, bête et au cou long comme une girafe, trouve une telle amie.

Avec l'arrivée du printemps, les filles commençaient à se métamorphoser curieusement et dans la classe germaient des chuchotements ainsi qu'un intérêt grandissant pour la sexualité. La classe était imprégnée d'une ambiance étrange, il s'y dégageait une émanation pareille à l'odeur aigre qui remplit la cuisine lorsque la nourriture commence à pourrir. Je n'arrivais pas à comprendre l'atmosphère qui régnait. Elle provenait surtout d'une fille répugnante, Min-ja, installée au fond de la classe avec moi et les autres grands gabarits. Min-ja riait étrangement à gorge déployée, et son visage était très plissé. Je ne me mélangeais pas avec les filles comme elles, mais comme nous étions côte à côte, je ne pouvais échapper à l'influence de leur comportement singulier.

Le groupe de Min-ja me mettait à l'épreuve. Elles aimaient me lancer une devinette obscène pour voir comment j'allais réagir. Craignant de rater une miette de ce qu'elles disaient, je les écoutais les oreilles grandes ouvertes ; toutefois, cette attitude appliquée était matière à leurs moqueries. Je me creusais les méninges pour leur répondre très sérieusement, et pourtant je ne faisais jamais les réponses qu'elles attendaient. Tantôt je répondais avec une franche naïveté, tantôt je disais ne pas savoir, et la camarade qui m'avait lancé la devinette finissait alors par lever les bras au ciel :

— Ha, il n'y a vraiment rien à tirer de Mi-ok ! Min-ja ! Réponds, toi.

En s'esclaffant d'un rire perçant, Min-ja donnait tout de suite la réponse. Même après, je ne comprenais pas vraiment la plaisanterie. Je me sentais comme une idiote irrécupérable. Tout cela n'était que moqueries d'enfants, mais cette atmosphère désagréable est désormais gravée à tout jamais dans mon esprit.

Mes camarades de petite taille, à la croissance lente, ne s'échangeaient pas de boutades obscènes comme le groupe de Min-ja. J'en voulais à mon corps d'avoir grandi n'importe comment. Si, de petite taille, j'avais été assise devant, j'aurais pu échanger des plaisanteries plus drôles, j'aurais pu rire de bon cœur avec les autres, la bouche grande ouverte.

Par surprise, mon souhait se réalisa un jour. Lors de la visite médicale de l'école, on s'est rendu compte que ma vue était très mauvaise. Après avoir avoué à ma mère que je voyais à peine les écritures sur le tableau, elle en pâlit d'étonnement, car j'obtenais tout de même les meilleures notes. Elle se hâta de solliciter le professeur principal, et je passai du fond de la salle au premier rang. Je n'avais dès lors plus besoin de plisser des yeux et je pus enfin fréquenter celles qui étaient à mon goût : les filles de petite taille.

Je devins l'amie de la déléguée de classe, Bak Hae-su. Comme un gland de chêne bien poli, Hae-su était très lisse. Son front et l'arrière de sa tête étaient légèrement bombés, sa peau était hâlée avec de nombreuses taches de rousseurs. Si son visage n'était pas si beau, elle avait cependant une arme secrète : un charme que l'on pourrait rapprocher d'une sorte de délicatesse féminine. Dans la classe, Hae-su était celle qui s'habillait avec le plus grand soin. Elle plaçait sa barrette différemment, elle nouait son foulard différemment, remontait la taille de son pantalon différemment. Même lorsque nous avons été prises en photo, la sienne avait quelque chose de différent. Hae-su avait la tête un peu baissée sur le côté et la bouche bien fermée ; devant son portrait, on voyait qu'elle était vraiment photogénique. Elle chantait également très bien. J'adorais quand elle interprétait « Rosier rugueux » – *Haedanghwa*. Elle relevait son menton, joignait ses mains, commençait à chanter, et j'étais alors submergée d'émotion. Elle était une amie parfaite, en tous points. Et à la différence du groupe de Min-ja, elle avait dès le début fait preuve de respect envers moi.

Les élèves de la classe étaient surpris de la relation que Hae-su et moi entretenions. Nos camarades, qu'elle traitait avec indifférence, observaient perplexes la gentillesse dont elle faisait preuve face à une grande perche fade comme moi. Comme il fallait s'y attendre, la bienveillance de la déléguée à mon égard irritèrent la bande de Min-ja. À vrai dire, moi aussi, j'étais confuse. Même dans mes rêves les plus fous, jamais je n'avais été préparée émotionnellement à cela, c'était trop irréel, comme lorsque l'on prie sans avoir vraiment la foi. Au début, je lui répondais avec gêne, mais elle ne s'en soucia pas. Elle faisait une tête de moins que moi, pourtant c'est elle qui, comme une grande sœur, mettait en ordre mes cheveux et mes vêtements, me prenait toujours par la main où que l'on aille. À l'exception des fois où elle se montrait sèche lorsque l'on se moquait de moi, dans mes souvenirs, Hae-su ne s'est jamais mal comportée.

Au fil du temps, nos camarades acceptèrent notre relation, elles montrèrent même du respect. Parce que j'étais une bonne élève, que je les impressionnais en faisant tournoyer mon crayon sur mes doigts et que je faisais des dessins rigolos, elles en conclurent que j'étais finalement assez intéressante. Hae-su était ma meilleure amie et j'étais la sienne, personne ne pouvait dire le contraire.

Pendant ce temps, au fond de la salle, la bande de Min-ja continuait ses plaisanteries farfelues. En particulier Min-ja. Elle attrapait les seins des autres filles dès que l'occasion se présentait, n'arrêtait pas de se gausser, proclamant qu'une telle avait une poitrine bien rebondie, qu'une autre avait une poitrine plate comme une falaise, et, dès qu'elle le pouvait, montrait inopinément ses seins.

— Touche-les, touche ! Touche-les autant que tu veux !

En pleine mue, ainsi criait-elle d'une voix à la fois haute et basse, aiguë et vrombissante, avant de terminer par ses rires de gorge dont le son me faisait toujours horreur. Hae-su détestait aussi ces plaisanteries.

Elle m'exprimait son amour. Elle m'embrassait tout le temps. Le lundi, c'était sur la bouche, comme pour dissiper la douleur de ne m'avoir pas vue la veille. À la récréation, elle murmurait à mon oreille qu'elle avait prié pour moi, concluait par un « Amen » et déposait un mignon petit baiser sur ma joue. J'appréciais la sensation douillette que laissaient ses douces lèvres fines sur ma peau. En retour, je baisais les petites taches de rousseurs sur ses joues. Un jour, Min-ja nous a surprises et s'est écriée avec stupéfaction :

— Regardez ! Regardez, les filles s'embrassent entre elles ! Elles s'embrassent !

Nos camarades étaient moins choquées par nos baisers que par la voix pareille aux fracas d'un bol de Min-ja quand elle avait dit « s'embrassent ». Sa bande nous houspilla : « C'est donc ça, votre relation ! » Je me cachai derrière le petit mais robuste dos de Hae-su, qui reçut avec calme leurs railleries.

Min-ja se retira au fond de la classe en bougonnant. En réalité, elle était jalouse. Une nouvelle élève, Seok Yun-a, qui arriva plus tard dans notre classe, m'apprit que les amies de Min-ja avaient pour habitude de s'embrasser aussi entre elles à l'abri des regards.

Ce fut l'arrivée de Seok Yun-a dans nos vies qui mit un terme à ma relation avec Hae-su.

Des années plus tard, ce qui m'avait ensorcelée chez Yun-a me charma à nouveau chez No Mi-hye à l'université.

Toutes ces attirances féminines ont profondément planté la graine d'un désir coupable, impudent, dont il est préférable de se détourner.

*

Après avoir tant bu dans le minuscule bistrot, nous nous sommes tous les six rapprochés. Naturellement, trois paires se sont formées : Myeong-ho et Mi-hye, doués pour s'amuser mais sérieux dans leurs études, nous gardaient des places à la bibliothèque et aidaient ceux qui avaient raté un cours. Han-yeong et Su-jin se querellaient comme chien et chat mais étaient concentrés eux aussi sur leurs devoirs. Ceux qui aimaient boire, autrement dit Jong-tae et moi, en dépit de la vie chargée de nos camarades, préparions nos beuveries et donnions un coup de pouce aux taquineries de Myeong-ho et Mi-hye ou bien, après le « différend du bistrot », observions les disputes interminables de Su-jin, de plus en plus agressive, et de Han-yeong, de plus en plus impertinent.

J'étais divisée. D'un côté j'admirais Mi-hye, qui avait ravivé en moi un rêve profondément enraciné : le désir d'avoir du charme, de m'approcher d'un homme et le séduire, de l'amener à déclarer sa flamme en bafouillant. Les fragrances de Mi-hye me donnaient envie de m'embellir, d'être dans un lieu élégant et coûteux, là où l'on rit fort et où les bavardages fleurissent, un endroit qui grouille d'hommes flatteurs. Au moment des cerisiers en fleur, Myeong-ho et Mi-hye se retrouvaient sur la butte, assis comme dans un tableau pastoral. Myeong-ho faisait la cour à Mi-hye : il lui disait que son corps était gracile, qu'elle était joviale comme un moineau, joliment bavarde ; qu'elle était élégante que tous les vêtements lui allaient bien, qu'elle le faisait tourner en bourrique, ou encore que c'était une renarde ou une croqueuse d'hommes, ou une infinité d'autres choses. L'homme déclarait cela à la femme qui aimait entendre ces mots, il allait sans dire que les compliments, les mots tendres, mais aussi les reproches et les critiques, étaient imprégnés d'un doux miel. Toutes ces paroles, je souhaitais que l'on me les dise à mon tour. Les fleurs de cerisiers se sont fanées, et je suis restée sous leurs pétales tombant comme la neige. J'avais compris que la poignée de main qui s'attardait de Myong-ho ou encore la bienveillance dont il avait fait preuve quand, ivre, il avait feint de se souvenir de mon nom, ne valaient rien du tout. Assise sur la butte, j'ai longuement pleuré.

Une autre partie de moi désirait ardemment devenir une femme indépendante, développer une sorte de fermeté asexuée. Dans les restaurants et les bistrots universitaires, si les étudiantes hurlaient quand un cafard sortait de sa cachette, tous les garçons, sans exception, réagissaient ainsi :

— Les filles, quand elles sont à l'extérieur, elles en font tout un plat, mais quand elles sont seules chez elles, elles te lancent un « C'est quoi ça ? » et elles l'écrasent. Ma sœur attrape une souris à mains nues sans frémir.

Moi aussi, auparavant, je ressentais une profonde aversion pour ces femmes aux deux visages. Mais le jour où nous avions bu au bistrot, Mi-hye m'avait expliqué le problème des toilettes.

— Tu sais, dans les toilettes, y'a que les pissotières des hommes. Comment c'est possible ? Berk, ça me dégoûte !

Elle n'avait plus jamais voulu remettre les pieds dans ce bistrot minable. Une femme qui souhaitait simplement fréquenter des lieux avec des toilettes bien équipées était considérée comme le summum de l'hypocrisie.

Dans les bistrots, les filles fermaient la porte des toilettes des hommes et faisaient leurs besoins comme elles le pouvaient, par terre, ou bien elles allaient se cacher dans une ruelle peu fréquentée.

J'étais certes encore en train de compléter mon « dictionnaire des termes sexuels », mais lorsque j'entendais les histoires graveleuses des étudiants, mon visage s'empourprait, j'étais embarrassée, ne sachant quelle posture adopter. Parmi les étudiantes qui s'offusquaient de ces histoires grivoises, se trouvait Su-jin, qui ricanait et répliquait par une boutade encore plus obscène. Le sordide, les boutades scabreuses, la misère, la douleur : ne pouvoir les supporter était soit de la fourberie soit de la bourgeoisie. Pour me soustraire à ces critiques, moi aussi je riais des histoires paillardes, j'écrasais les insectes, et quand la porte des toilettes des hommes ne fermait pas, je tenais la poignée avec une main et avec l'autre baissait et remontait mon pantalon puis, après avoir fait mes affaires, je sortais comme si de rien n'était et je crachais par terre.

Le désir d'être féminine me caressait avec douceur, l'envie d'être asexuée me préoccupait. À cette époque, pour moi, la féminité était la séduction et le charme, la neutralité asexuée était un devoir et une contrainte. Je vagabondais, je ne parvenais pas à m'approprier un de ces deux aspects et, pendant longtemps, j'ai adopté une attitude ambiguë.

Au bout d'un moment, la relation entre Su-jin et Mi-hye s'est mise à grincer comme le bruit d'une machine grippée. Su-jin n'acceptait plus les enfantillages de Mi-hye ; et pour Mi-hye, Su-jin était trop lunatique : parfois, contre toute attente, elle changeait de position après avoir défendu une idée avec véhémence, d'autres fois elle s'entêtait à défendre une opinion douteuse comme si sa vie était en jeu. Le dialogue entre les deux amies était périlleux, comme la psyché hésitante d'un acrobate cheminant sur un fil usé. Elles cherchaient chacune la petite bête de l'autre et, la dispute à peine commencée, déjà elle s'échauffait. Alors je pesais le pour et le contre et je me dépêchais de soutenir le parti en position d'infériorité. J'étais comme le cuisinier qui n'éteint jamais son feu, mais qui s'empresse de le réduire avant que le contenu de la casserole ne déborde.

C'était lorsque nous faisions la cuisine ou la vaisselle que nous nous entendions le mieux. Su-jin taisait son agressivité habituelle et Mi-hye laissait tomber son attitude mi-enfantine mi-précieuse. Lorsqu'elles se concentrent sur le travail, les femmes affichent le plus serein des visages. Même les femmes de la famille de ma mère, que je détestais tant, me paraissaient sublimes lorsqu'elles unissaient leurs forces.

Avec ma mère, le « corps d'armée féminin », qui ne comptait pas moins de cinq femmes, était très efficace au travail. Jamais elles ne bronchaient, même devant de considérables et durs labeurs. Avec leur moral inébranlable, elles pouvaient se jeter sans peur dans des batailles difficiles. La plus fameuse bataille était « l'opération de préparation du kimchi », l'une des occupations hivernales.

Du jour où étaient apportés le chou blanc et le radis blanc, elles étaient si occupées qu'elles ne savaient où donner de la tête. Le gargouillement du robinet dans la cour ne cessait de résonner, tout ce qui pouvait servir de couteaux et de planches à découper était mobilisé. Leur tempérament si vigoureux dégageait même une sensation de fraîcheur apaisante. Ma grand-mère, qui tenait le poste de commandant général, indiquait promptement mais avec exactitude le « bon dosage », pour mettre la bonne quantité d'ingrédients et d'assaisonnements. À l'instar des machines dont les rouages tournent puissamment dans une synchronisation parfaite, chacune des femmes qui exécutaient les ordres de ma grand-mère paraissait être au-dessus des tracas de ce monde. Elles se consacraient toutes entièrement à leurs missions d'importance. Le premier jour, le corps d'armée féminin faisait le kimchi de navets et celui de radis blanc saumuré ; le jour suivant, en guise de distraction, elles s'occupaient du kimchi de moutardin et de celui de marguerites coréennes. Et, pour finir, le soir, en une heure, elles préparaient et saumuraient une grande quantité de choux, au moins une cinquantaine. Cette journée-là, même le concours des pattes d'un chat n'aurait pas été de trop. La mamie d'à côté, qui venait leur prêter assistance, était estomaquée par la quantité et la variété de cette préparation hivernale de kimchi. Elle disait n'avoir jamais vu ça, et admirait la montagne de choux légèrement verts s'empourprer peu à peu. La mamie ajoutait la sauce rouge des épices pour le kimchi entre les feuilles saumurées et jaunies et, tout en mâchant des bouchées de riz enroulé dans des feuilles, elle ne ménageait pas ses louanges au commandant général. Ma grand-mère approuvait d'abord de la tête d'un air satisfait, puis son visage se durcissait brusquement lorsqu'elle s'apercevait que ces compliments venaient de la mamie voisine. Elle la jalousait comme une petite fille parce que son mari à elle était encore vivant, bien qu'il fût paralysé.

Tout comme le corps d'armée féminin, Su-jin, Mi-hye et moi nous affairions avec talent. Un jour de pluie, nous nous étions réunies dans la chambre d'étudiante de Su-jin, euphoriques de préparer des nouilles pour un bouillon de *kalguksu* et de cuire des galettes coréennes. La veille, nous nous étions retrouvées dans un café. Mi-hye voulait nous raconter les rendez-vous arrangés en groupe auxquels elle avait participé.

— Mon Dieu ! Vous avez vu mon partenaire, hein ? Vous ne pouvez pas savoir à quel point il est naïf. Il n'a aucune once de perspicacité. J'ai voulu lui faire comprendre qu'il ne me plaisait pas, mais il persistait à croire le contraire. Quand j'ai refusé qu'il me raccompagne jusque chez moi, j'ai cru qu'il allait pleurnicher. Il fait trop pitié. Si ça avait été Myeong-ho, il m'aurait lancé : « Pas de problème, fais ce que tu veux, je m'en fous. » Attention, n'en parlez à personne, c'est un secret. Si Myeong-ho apprend que je suis allé à un rendez-vous arrangé, il va devenir fou.

Tout en plaçant le brûleur à gaz pour cuire les galettes de courgettes, je tentai de dissimuler ma surprise. Les paroles de Mi-hye sous-entendaient qu'elle avait une relation avec Myeong-ho. J'avais déjà entendu des commérages sur sa « mauvaise réputation ». J'avais voulu savoir comment mes camarades avaient eu vent de cela, si cette information était digne de confiance, et que signifiait concrètement « avoir mauvaise réputation », etc., mais ils n'avaient guère répondu à mes attentes : « Je l'ai entendu, c'est tout », « Ça se dit partout », « Pourquoi tu veux savoir ? ».

Les garçons m'avaient ainsi répondu dans des termes ambigus, mais, entre eux, ils se vantaient et parlaient comme s'ils avaient des anecdotes bien précises en tête.

Quand j'ai évoqué auprès de Jong-tae les ragots qui couraient sur Mi-hye, il a fait semblant d'être surpris. Plus tard, j'appris que non seulement lui mais tous les autres garçons étaient au courant. Seuls ceux de la trempe de Jong-tae, qui pensaient qu'il ne fallait pas les colporter, obtenaient ma confiance.

Savoir que Mi-hye avait une mauvaise réputation ne faisait qu'accentuer ma sensation étrange à son égard. Je ne pouvais la voir qu'à travers ce prisme-là. Je ne la voyais pas avec mes yeux, mais à travers ceux des garçons, pour qui elle dégageait un charme fatal. Je ne savais que faire de l'attirance et de la curiosité qui bouillonnaient en moi.

Je retournais les galettes de courgettes d'un geste vif quand l'huile a soudain éclaboussé le dos de ma main. Peut-être que j'étais jalouse de Mi-hye. De moi, personne ne disait que je rendais un garçon « fou ». Tout comme ma grand-mère qui enviait la voisine parce que son mari était encore en vie, je jalousais ce qui était hors de ma portée. Su-jin, qui aplatissait les nouilles avec une bouteille de soju en guise de rouleau, ne parut pas surprise des paroles de Mi-hye et enchaîna :

— Moi, si Han-yeong apprend que je suis allée à un rendez-vous arrangé, il sera contrarié, a-t-elle lancé.

Puis elle a placé les anchois dans une serviette de gaze qu'elle a fermée avec un fil, l'a plongée dans l'eau bouillante et a penché un peu la tête avant d'ajouter :

— Et si Jong-tae apprend que Mi-ok est allée à un rendez-vous arrangé, il sera sans doute tout chagrin !

Devant mon air confus, elles ont éclaté de rire. J'ai rétorqué qu'il n'y avait absolument rien de cela entre nous. Su-jin a ri :

— Alors, ça veut dire que Han-yeong et moi on aurait ce genre de relation ? Mon Dieu !

Le terme « devenir fou » avérait la liaison amoureuse entre Mi-hye et Myeong-ho, « contrarié » confirmait que Su-jin et Han-yeong ne partageaient pas ce genre de rapport, quant à la relation entre Jong-tae et moi, elle était… à définir. À la manière d'un pendule, elle oscillait mollement entre l'amour et l'amitié, les sentiments et les disputes.

Une nuit où nous étions saoules, Su-jin, dans un élan de grandeur d'âme, a complimenté Mi-hye :

— Mi-hye, tous les vêtements te vont.

— Non ! ai-je lancé avant d'ajouter : Mi-hye est plus belle une fois déshabillée.

— Oula ! Je l'ai souvent entendue, cette phrase, a rétorqué Mi-hye.

Cela signifiait-il : « Si elle était déshabillée, elle serait beaucoup plus belle » ? Ou bien : « Après l'avoir vue déshabillée, elle est vraiment plus belle » ? Je goûtais le sens mystérieux d'une parole en marmelade : sobre mais riche, savoureuse mais fade, fraîche et visqueuse. Comme lorsque l'on plonge un doigt dans un liquide sans pouvoir distinguer s'il s'agit d'une eau glaciale ou d'huile bouillante.

Cette « mauvaise réputation » ne provenait pas du fait qu'elle aurait pu vivre en concubinage pendant son année de redoublement, qu'elle serait sortie avec deux personnes en même temps, ou qu'elle rencontrerait parfois un homme marié de plus de trente ans, mais résidait dans cette qualité qu'elle avait eue depuis sa naissance. Son corps gracieux lui avait forgé cette réputation et, en même temps, cette réputation l'avait embellie. Son corps était le bouc émissaire et le lieu de culte des rumeurs.

*

Le corps de Yun-a, la nouvelle élève arrivée en cours d'année, était lui aussi enveloppé du voile de la rumeur. Yun-a avait un visage blanc, des yeux ronds, un nez bien dessiné, et elle était de petite corpulence. En revanche, ses seins étaient bien développés, ils n'étaient pas aussi gros que ceux de Min-ja, certes, mais sa poitrine généreuse débordait joyeusement de la robe qu'elle aimait porter. L'entrée en scène de cette fille avait mis notre classe sens dessus dessous. Dès qu'elle entendit le nom « Seok Yun-a », Min-ja, qui donnait son avis sur tout, ne put s'empêcher de crier tout de go :

— Ton prénom, passe encore, mais c'est quoi ce nom de famille ? Il est nul !

— Ouais, elle a pas tort ! Il est vraiment nul. Nul ! avaient repris ses sous-fifres.

Les autres élèves tâchaient d'être gentilles avec la nouvelle. Elle paraissait très timide, mais Yun-a adressait étonnamment la parole à n'importe qui sans difficulté. Le groupe de Min-ja critiquait tout haut sa peau blanche en faisant la moue.

— On dirait une métisse !

Yun-a avait répondu : « Qui ça ? – Toi, on parle de toi », répondit alors une fille en la pointant du doigt. Alors Yun-a s'était avancée et avait répondu : « Oui et alors ? T'as autre chose à me demander ? », avec un air bravache. Elle s'acclimata vite à l'atmosphère de notre classe, déjà elle devenait notre indispensable jolie mascotte. Perplexe, je la voyais tenter de se mêler à la bande de Min-ja.

De son index droit crasseux, Min-ja mangeait souvent la poudre de la soupe de nouilles instantanée qu'elle avait placée dans le creux de sa main. À ces moments-là, comme une fille noble convoitant les mauvaises friandises de la servante, Yun-a se précipitait vers elle pour la séduire et recevoir un peu de poudre.

— Qu'elle est mignonne, on dirait une gentille poupée française.

Min-ja ébouriffait les cheveux bruns de Yun-a et souriait d'un air satisfait.

C'est à cause de son impertinence que je me liai d'amitié avec elle. Un beau jour, elle commença à me lancer des petits « Salut ! » en levant d'un coup la paume de sa main. Bon gré mal gré, j'évitais ces salutations, car j'avais remarqué qu'elles irritaient Hae-su. Elle continua cependant à faire comme si elle me connaissait et, malgré la vigilance inquiète de Hae-su, je la fréquentais souvent.

Yun-a était plus précoce que moi. L'été, habillée d'un t-shirt large, elle se suspendait à l'envers sur une barre de fer. Son t-shirt tombait tellement qu'il révélait à tout le stade ses seins blancs et pulpeux. Elle en faisait toutefois peu de cas. Tête en bas, elle me demanda un jour :

— T'as déjà eu tes règles ?

Déconcertée, ne sachant où poser mon regard, je me récriai comme si on m'avait faussement accusée :

— Non !

— Min-ja les a déjà, dit-elle, avant d'ajouter avec calme : elle a cette odeur, Min-ja, tu sais, l'odeur de quand on a ses règles.

— C'est quelle odeur ?

— Simplement une odeur bizarre.

Peut-être que c'est une odeur ressemblant à celle qui se dégage d'un panier-repas quand on ouvre le couvercle, imaginai-je.

Plus le temps passait, plus Yun-a tenait des propos audacieux. Un jour, elle me montra un geste de la main pour représenter le sexe. Elle me parla aussi de magazines insolites :

— Min-ja m'a dit que les femmes dedans sont trop drôles. Elles sont toutes nues et parfois en bas elles ont des poils, et parfois non.

Malgré mon scepticisme, je m'imaginais laborieusement les femmes de ces photos. Yun-a me révéla aussi que le groupe de Min-ja se cachait pour « s'embrasser ». Mais ce qu'elles faisaient n'avait rien à voir avec les bisous sur la joue et la bouche de Hae-su et moi, il s'agissait de vrais « baisers ».

— De vrais baisers ?

— Ouais, comme quand on fait pour de vrai en ouvrant carrément la bouche. Min-ja m'a demandé de le faire avec elle.

Yun-a me murmura dans l'oreille :

— Elle m'a aussi demandé de lui toucher les seins en l'embrassant.

— Et… donc… tu l'as fait ?

— Non, dit-elle, puis riposta devant mon air incrédule, Vraiment, je l'ai pas fait. Tu sais très bien qu'elle est trop sale, Min-ja !

Puis, les yeux ronds pleins de malice, Yun-a ajouta : « Mais si ç'avait été avec toi, peut-être que… » Je sursautai et elle éclata de rire : « Je rigole, c'est une blague ! » Elle me demanda ensuite de lui faire un bisou comme je le faisais avec Hae-su. Alors je déposai mes lèvres sur sa joue blanche sans taches de rousseur. Sur le chemin du retour, mon visage rougit d'une honte étrange.

*

La fille de onze ans que j'étais finit par rejoindre la bande de Min-ja et, ensemble, elles firent de mauvais tours. Sous l'emprise évidente du charme de Yun-a, je m'étais éloignée de Hae-su.

Désormais étudiante, il me fallait faire un choix différent.

Ce jour où nous étions ivres chez Su-jin, j'ai décidé de faire mes adieux à mes fantasmes. De cesser de flâner autour des filles et de m'enivrer de la fragrance exquise qu'exhalait Mi-hye, de cesser de penser à ces scènes de butte de gazon et de cerisiers en fleurs.

Avec la triste impression d'avoir raté quelque chose d'important, je me résolus à ne plus dévisager les filles belles et élégantes. À l'occasion des « activités agricoles » d'été, je pris la résolution héroïque de devenir asexuée, à la fois vigoureuse et magnanime, à toute épreuve. Peut-être que ce choix ne m'allait pas si bien. En fait, peut-être bien qu'aucun choix ne me correspondait vraiment.

Mi-hye et Myeong-ho n'avaient pas participé aux activités agricoles. Myeong-ho avait pris des congés pour préparer un examen. Quant à Mi-hye, elle nous avait expliqué sa décision en ces termes :

— Oh ! Moi, je peux pas aller là-bas, il n'y a que des toilettes moyenâgeuses.

Nous nous sommes séparés en deux groupes : Jong-tae et moi travaillons au village de l'est, Han-yeong et Su-jin au village de l'ouest. Ce travail était une corvée, mais je craignais surtout la faim qui montrait le bout de son nez entre chaque labeur. Je ne pensais qu'aux en-cas. Ils étaient déposés comme un nouveau-né dans des plateaux ou des paniers, sur l'herbe au pied des arbres. Parfois c'était de l'eau sucrée, d'autres fois de la pastèque ou des concombres, des brioches à la pâte de haricot rouge achetées à crédit dans l'échoppe à l'entrée du village, ou encore des nouilles, des crêpes de blé, des pommes de terre vapeur faites maison. Dans le champ, quand je cueillais les feuilles de tabac ou désherbais, ou quand je regardais le ciel bleu s'étendre à l'infini derrière le vert de la dense forêt, ou quand, une fois mon labeur terminé, je retournais au foyer et attendais le dîner, j'étais toujours envahie par une tristesse inconnue. J'avais pris, sans m'en rendre compte, l'habitude de mâcher trois ou quatre brins de vulpin.

Pendant la réunion qui concluait les travaux du groupe, mes oreilles écoutaient machinalement les discussions des fermiers sur l'histoire des mouvements agricoles ou les particularités des petites exploitations paysannes, et autres règles rigides. Je ne pensais qu'aux tomates, que je n'avais jusque-là jamais mangées, et aux gâteaux de riz gluant *jeolpyeon*, ou encore au kimchi de tiges de navet, aux pommes de terre caramélisées à la sauce soja et à la soupe d'algue froide qui étaient servis le midi. Le ventre plein de cigarettes Cheongja fumées pendant la réunion qui durait jusqu'après minuit, je n'arrivais pas à oublier mon déjeuner fantasmé, tout comme je ne pouvais oublier la butte de gazon où voltigeaient les pétales de cerisier. De temps à autre, Jong-tae pressait mon épaule qui s'était épaissie, et me tendait quelques cigarettes Sol qu'il s'était procurées je ne sais où. Tout en mâchouillant mes vulpins, je priais pour devenir une femme plus ferme et indépendante encore.

Lors de la fête qui célébrait la dernière nuit de labeur, tous les groupes se sont réunis. Je n'ai pu cacher mon bonheur de retrouver Han-yeong et Su-jin. Mais Han-yeong m'a repoussée tout de go :

— Alors, il paraît que chez vous vous avez droit à des en-cas et à la sieste ?

— Comment peut-on appeler ça « activités agricoles » ? Vous êtes comme en vacances ici, hein, a ricané Su-jin.

— On raconte même qu'il y en a une qui est tombée dans les pommes alors qu'elle ne faisait même pas bien son boulot.

— Trop dur de s'amuser.

Nous avons toisé avec hostilité nos deux camarades.

— C'est ce qu'on appelle des tire-au-flanc.

— Il n'y a que des imbéciles dans ce village de l'est.

Alors une bagarre a éclaté. On s'est balancé des coups de poing, des coups de pied et, sous les innombrables assauts, nous avons goûté à un sentiment d'affection paradoxal. À la fin de la bataille, je me suis enfilé sans relâche les coupelles de *makgeolli* puis je me suis écroulée sur la table, épuisée. Quand je me suis réveillée, la voix de Han-yeong pénétrait doucement mes oreilles.

— Mi-ok, elle est faible.

Je restais les yeux clos.

— Elle a quand même travaillé dur ces derniers temps, a résonné la voix de Jong-tae.

— Oui, elle s'améliore un peu, mais quand je la vois, je ne suis pas rassurée, a dit Su-jin.

— Moi, je crois en elle. Mi-ok s'en sortira, a conclu Jong-tae.

Ils ont changé de discussion et moi, j'ai remué un peu et je me suis rendormie aussitôt, en priant de devenir une femme forte.

*

Le désir de m'endurcir a constamment été en moi.

Ma mère n'était jamais seule quand je rentrais de l'école. Les femmes de la maisonnée étaient assises autour d'elle dans le *maru*[1], à préparer les ingrédients pour la cuisine et à ajuster les assaisonnements.

— Yeong-ae, c'est parce qu'on ne te marie pas que tu ne t'appliques pas ?

Ma tante cadette s'énervait et réprimandait sa petite sœur d'un ton acide. Elle était si malheureuse que les insultes étaient présentes dans chacune de ses phrases. Sa petite sœur tremblait, peinant à réprimer sa tristesse, et a répliqué.

— Comme si j'avais envie d'un mariage !

Les yeux de ma tante benjamine étaient vraiment très ronds et cernés. Les plus vieux ne pouvaient s'empêcher de souligner leur bizarrerie en les comparant à des trous de cannes. Lorsqu'elle relevait ses yeux vides, son tempérament de chat irritable ressortait d'autant plus nettement. Elle tentait de maîtriser ses sentiments, et alors serrait les dents au point de faire frémir le bout de son menton pointu en forme de triangle inversé. Son menton et son corps décharné, qui ne bougeaient pas d'un pouce, la faisaient ressembler à un serpent au corps plein de venin.

— Tu crois que je ne sais pas que tu importunes tous les jours maman avec ça ? a rétorqué son aînée.

La benjamine a jeté un coup d'œil vers sa mère et a saisi une pomme de terre du panier de bambou, se disant sans

1. Pièce des maisons coréennes traditionnelles où ont lieu la plupart des activités. Elle a souvent la forme d'un grand porche ouvert et aéré, qui peut être fermé en hiver, donnant sur une cour.

doute que cela ne valait pas la peine de répliquer. Elle était la seule à posséder un diplôme de cuisinière, mais elle n'avait aucun talent. D'après sa sœur, le fait même d'avoir eu un diplôme était bien la preuve qu'elle ne savait pas cuisiner. Influencée par ces paroles, il suffisait que ma tante benjamine épluche les pommes de terre pour que je craigne qu'elles soient moins bonnes que les autres.

À l'instar de toutes les routes qui mènent à Rome, toutes les diatribes de ma tante cadette se concluaient par des insultes envers son mari, la raison de tous ses maux.

— Raclure ! lançait-elle. Escroc à la con ! Chien galeux ! À cause de ce salaud, depuis ce jour et jusqu'à maintenant, je vis comme ça, comme une folle, et toi tu gueules parce qu'on ne te marie pas, tu es vraiment cinglée de chez cinglée !

Quand ma tante s'emballait ainsi, ma mère, respectée dans la maisonnée grâce à ces jugements toujours justes, la fustigeait :

— Arrête donc de parler de ce type !

Mais, loin de la calmer, cela l'ulcérait encore plus. Ma tante faisait frémir sa langue sous la haine de son mari, elle enchaînait les « ce salaud que je frirai dans de l'huile bouillante » ou les « ce connard à qui je couperai les quatre membres en petits morceaux ». Sa méthode d'assassinat qui me plaisait le plus était : « le tuer en lui faisant boire dix seaux de chiasses ». Elle ajoutait : « Il sera plein de merde dedans et dehors et, empoisonné, il crèvera comme le chien galeux cinglé qu'il est. » Plus le temps passait, plus elle était dans la détestation pure de son époux. Elle finissait par jurer qu'elle irait lui arracher son horrible machin, le lui retirer par petits morceaux, et qu'elle mâchouillerait et avalerait ce qu'il en resterait.

Ma tante benjamine affichait un air dégoûté devant les grossièretés de sa sœur aînée. Elle a marmonné :

— Eh bien... il n'y a rien à tirer de ces ignares.

Impossible de savoir si ces mots étaient dirigés vers son beau-frère ou sa sœur. Seule ma mère, qui avait l'ouïe fine, a souri légèrement. Elle avait pris l'habitude de faire ses sermons avec subtilité, à l'aide de maximes ou d'expressions toutes faites.

— Qui haïr ? Qui blâmer ? Tu t'es mariée car tu l'aimais, ni moi ni maman ne t'y avons poussée. Certes, il n'avait rien à voir avec ce que tu pensais, mais comment as-tu pu choisir un type pareil ? Dans tous les cas, c'est toi qui l'as choisi, et ce lieu où se trouvent des enfants n'est pas l'endroit pour en parler.

Alors ma tante cadette roulait des yeux avant de reprendre de plus belle. Il était prévu dans le scénario qu'elle se mette à sangloter.

— Je vous déteste tous ! Maman, lui, vous... Si ma famille était équilibrée, vous pensez qu'il aurait fait toutes ces conneries ? Je vous hais toutes autant que vous êtes !

À l'instar d'un animal sauvage recroquevillé, ma grand-mère, assise en retrait, subissait silencieusement ces affronts, arborant une impassibilité biblique. Elle pensait sûrement à son fils adoré qui travaillait dur en mer, et qui valait bien plus de dix filles.

— Faut que je tue cette salope avec qui il est parti... J'aurais dû leur faire bouffer du gaz de houille jusqu'à ce qu'ils crèvent, mais j'ai pas pu, sinon que serait devenue ma Min-jeong...

Elle hurlait de rage à en perdre la voix. C'était vraiment insoutenable d'entendre ces sanglots si particuliers.

— Il exagère, c'est sûr.

Ma mère n'était pas du genre à s'immiscer dans ces conversations, mais lorsqu'elle parlait, elle commençait par dire des paroles aussi douces que la soie et, ainsi, elle obtenait les faveurs de son interlocuteur. Cela ne changeait en rien le fait que ma grand-mère montrait bien en évidence son antipathie envers sa belle-fille. Elle jugeait que son fils s'était mal marié, et considérait sa belle-fille comme une meurtrière. Ma tante cadette continuait :

— C'est quoi cette vie, c'est quoi... Quand je repense à tout ce que ce connard a fait, je n'en dors plus la nuit... J'ai bien essayé de me foutre en l'air avec du gaz, mais je suis toujours là... Qui comprendra que je vis ainsi parce que je ne peux pas mourir ? Quoi ? Vous pensez que c'est parce que je mange que j'arrive à avaler ? Vous pensez vraiment que ça va passer ?

À ces mots, j'ai rangé en catimini mon sac à dos, préoccupée par le panier-repas à l'intérieur, que je n'avais pas réussi à finir.

Elle sanglotait tout en secouant la tête. Dès que sa voix se brisait, c'était au tour de sa fille Min-jeong de se mettre à hurler et pleurer. Sa voix était beaucoup plus aiguë que celle de sa mère et elle avait beau brailler, elle ne se fatiguait pas, elle montait d'octave. Comme le dit le dicton, « quand poulpe saute, gobie saute », mon cousin Hyeon-u, qui se portait très bien, s'est mis soudain à montrer ses dents proéminentes et a commencé à piquer une crise et taper des pieds, réclamant son père, exigeant qu'on lui donne dix wons.

— Oh ! Mon pauvre petit chou, il veut son papa, il est triste...

Ma grand-mère, qui d'ordinaire me passait un savon pour ne pas avoir appelé mon cousin « grand frère », lui donnait du « mon pauvre petit chou » à la place de son habituel « grand frère de deux grandes filles ». Elle a retroussé sa robe, a retiré dix wons de son pantalon culotte et les lui a tendus.

— Il me fait trop de peine, je ne peux pas voir ça, je ne peux pas voir ça.

Je suis sortie discrètement. Pourquoi ma mère ne les renvoyait-elle pas tous chez eux ? Pourquoi, à l'inverse, me poussait-elle à sortir de chez nous, moi qui étais revenue sans avoir pu finir mon panier-repas, moi qui étais si affamée ?

De l'extérieur, j'ai contemplé notre maison. Et je me suis juré de ne jamais devenir une gentille fille. C'est à cette période que je me suis rapprochée de Yun-a et éloignée de Hae-su, et que j'ai été prise de cleptomanie. Mais le pire qui est né en moi est cette habitude de nourrir une rancune amère envers les personnes que j'affectionnais, sous prétexte qu'elles ne cherchaient pas assez à me comprendre.

L'ÉCHELLE DE L'AUTOMNE

2 heures du matin.

Dans mon lit, en sous-vêtements, je lis en buvant de l'alcool. Le drap-housse a jauni et l'odeur de l'huile pour cheveux se dégage de la taie d'oreiller. La légère moiteur ne me révulse plus. Je suis libre et à l'aise. Toutes les choses qui m'entourent arborent une expression familière sous l'effet de mon souffle, de mes sécrétions et de mes fluides corporels.

Un insecte se colle à la bouteille de *soju* posée au bas du lit. Les insectes viennent souvent dans cette chambre moite. Lorsque je regarde longuement le sol, l'autre moi très curieuse demande :

— C'est quoi ?

— Un insecte noir, luisant et avec un truc qui ressemble à des pinces.

— Hum, il est grand ?

— Non, aussi minuscule que l'ongle du petit doigt.

Une autre moi rapproche l'ongle du petit doigt devant ses yeux et cache la moitié de l'ongle avec le pouce. Puis, l'air d'avoir reconnu l'insecte, elle agite un mouchoir et le dépose sur la tête de l'insecte et, une fois l'insecte identifié, elle l'écrase.

Après avoir bu une gorgée de *soju*, le monde s'enferme entièrement dans un lourd murmure. L'humidité de la chambre et la fraîcheur de l'ivresse m'enveloppent.

Je ferme le livre puis les yeux. Mon imagination nage paisiblement, à la manière d'un bébé dans son liquide amniotique. J'enfonce mon visage dans l'oreiller pareil à une peau moite et écoute les murmures de la berceuse, l'instant où je tourne un peu mon corps, la sensation de la couverture douillette enroulée entre mes mollets nus m'emplit d'une grande joie. Mon corps me dit beaucoup de choses.

Une fille de 11 ans fronce excessivement les sourcils et se tient debout, les mollets bien enflés. J'essaie de déchiffrer ses traits tout comme si je lisais un poème difficile. J'observe ses sourcils longs et fins en demi-lune un peu risibles ainsi que les deux nouvelles rides qui les séparent nettement. De ses deux rides entre ces sourcils à mes mollets gonflés à cause des flagellations, je lis comme une échelle. J'ai pris l'étroite et raide échelle de l'intérieur de mon corps et je suis descendue ici, jusque dans cette chambre humide.

*

Lors de ma première année d'université, j'avais pris l'habitude de boire un peu d'alcool avant d'aller aux manifestations. Je savais bien qu'il ne fallait pas le faire. Les journaux rapportaient déjà les manifestations étudiantes comme des actes terroristes orchestrés par des voyous.

Une journée de début d'automne où le soleil tapait fort, le duo formé de Jong-tae et moi était arrivé au carrefour à cinq voies du quartier Garibong. À la périphérie misérable de la ville, le quartier était truffé de petites boutiques bondées et serrées les unes contre les autres. Nous avions une trentaine ou une quarantaine de minutes devant nous. Nous avons suivi une ruelle où se trouvaient les arrières de beaucoup de boutiques installées dans de modestes maisons réaménagées. Nous nous sommes assis devant une petite épicerie. Pour rire, j'ai désigné la bassine en plastique rouge à côté de nous.

Jong-tae a secoué la tête avec un air réprobateur. Dans la bassine remplie à ras bord se trouvaient trois ou quatre bidons de *makgeolli*.

— J'ai vu qu'à la campagne ils boivent du *makgeolli* comme en-cas.

Jong-tae a fini par dire avec hésitation :

— Bon, le *makgeolli*, c'est pas vraiment de l'alcool. Toi et moi, juste une bolée chacun et rien de plus.

Jong-tae est entré dans l'épicerie. Je l'ai vu faire un signe de la tête à l'épicière pour désigner la bassine rouge. Il a payé et est revenu avec deux bolées.

Nous avons joyeusement bu un bidon de *makgeolli*, puis en avons entamé un deuxième. L'alcool m'avait rendue sereine. Je vérifiais plus rarement ma montre. Il était presque l'heure quand nous avons fini le deuxième bidon. Nous avons marché en direction de la grand-route. Les rayons du soleil du début de l'automne étaient ardents. Des ruelles se déversaient les étudiants qui semblaient être des manifestants. Il y avait parfois des visages familiers, ou des visages que nous connaissions de loin. Nous nous saluions d'un air discret et entendu. Voir se rassembler cette foule, qui provenait de toutes ces ruelles, m'a réconfortée.

Une chanson familière a commencé à retentir avec force. Jong-tae et moi l'avions entonnée quand, sans crier gare, nous avons été pris dans un cortège en « mêlée », autrement dit bras dessus bras dessous. Un enthousiasme débordant m'envahissait, je sentais en moi une force inconnue. La voix de Jong-tae résonnait chaudement dans mes oreilles. Le rang de devant avançait, lui aussi bras dessus bras dessous, je distinguais les crânes des étudiants et sur mes épaules étaient enchevêtrés d'un côté le bras de Jong-tae, de l'autre celui d'un inconnu. Les pas qui battaient le pavé étaient légers. Dans mon cœur s'entortillait un sentiment grave et pesant. Le cortège en mêlée avançait fermement. « Il faut protéger la loi sur les normes du travail ! Faites pas n'importe quoi ! Le sang de la jeunesse bout dans nos voix ! »

Tout à coup, un « pan » s'est fait entendre, et notre marche s'est arrêtée net. Tout le cortège s'est figé. Les courageux ont repris leur chant, le cortège a repris la marche. Il ne retrouvait néanmoins pas son aplomb d'avant. *Pan ! Pan !* Le bruit des grenades lacrymogènes se faisait plus récurrent et puissant. Dans le ciel bleu a explosé une lacrymo jaune, rouge et d'autres couleurs encore. Les solides nœuds des rangs du cortège se sont défaits. Loin de pouvoir avancer, garder ma position me demandait beaucoup de force. La rangée devant nous était poussée vers l'arrière, le bas du dos de la personne devant moi s'écrasait sur ma poitrine. Les mains sur mes épaules se sont retirées et j'ai été poussée sur le côté comme une perle ôtée d'un bracelet. À l'instant où les rangées de devant ont fait demi-tour en courant, je me suis à mon tour immédiatement retournée. J'ai aperçu l'étudiant à côté de moi courir à perdre haleine, la veste tout juste correctement remise.

Quand les manifestants qui s'étaient dispersés ont crié « Ordre ! » et ont reformé le cortège, je me suis arrêtée. Jong-tae avait disparu. Mon cœur battait la chamade et le *makgeolli* que j'avais bu à la hâte remontait dans ma gorge. Je marchais avec vigueur vers la tête de cortège. Dans mes oreilles résonnait encore l'écho des slogans « Il faut protéger la loi sur les normes du travail ! Faites pas n'importe quoi ! Le sang de la jeunesse bout dans nos voix ! » J'ai ramassé une petite pierre près du trottoir. Longtemps exposée aux rayons du soleil, elle était rêche, dure et tiède. Je l'ai serrée fort dans ma main. Comme les nains assis sur des épaules de géants, je prenais de grands airs sous l'effet de l'alcool, j'ai lancé la pierre de toutes mes forces. Mais la pierre a volé en l'air dans une trajectoire ridicule et est retombée mollement au sol. J'ai fait quelques pas, évitant piteusement la pierre que j'avais moi-même jetée. Je me suis pressé de ramasser une nouvelle pierre puis j'ai couru à l'avant et fait des moulinets avec mon bras. Cette fois aussi, incapable de partir correctement, la pierre a glissé de ma main et est tombée à mes pieds. Pour la troisième pierre, je me suis appliquée. Tout comme un archer, j'ai déployé ma concentration et j'ai fixé les policiers. J'ai doucement étiré le muscle raidi de mon épaule. Au moment où je me suis arrêtée dans une bonne posture, je me suis sentie libérée de toutes pensées égoïstes ou tourments, j'avais pour ainsi dire atteint l'état de sérénité parfaite.

— Garantie des trois droits[1] ! À bas les lois anti-travailleurs !

Kwang ! kwang ! kwang ! kwang ! kwang !

Les slogans de la queue de cortège ont été recouverts par les détonations qui ont déchiré nos tympans. En un très court instant, l'avant s'est recouvert de la fumée des lacrymogènes. J'avais tendu mon bras vers l'arrière à la manière d'un arc, mais je me suis soudain retrouvée emportée par une vague et j'ai été presque rejetée dans un coin de la rue. Ça n'a duré qu'un instant. Une vague m'a projetée avec un groupe de personnes contre les devantures de la rue marchande. J'étais coincée entre les gens, aucun moyen d'y échapper. La foule était de plus en plus comprimée contre les devantures et, de l'autre côté, les policiers frappaient sans pitié les manifestants avec leur matraque. Ces derniers ne pouvaient ni avancer ni reculer ; ils étaient tassés comme des hamsters. Au milieu des toux sans répit, une vitrine a éclaté avec fracas, suivie de plusieurs cris : « Ne poussez pas ! », « Une femme est blessée ! », « Il est en train de mourir ! », « Elle saigne ! »

Perdant mon sang-froid, je me suis débattue comme une folle jusqu'à ce que la pression à ma droite s'affaiblisse. Au moment où je comptais de nouveau me démener, mon côté droit s'est retrouvé dégagé, et le temps que je me demande ce qu'il se passait, une chose lourde et froide s'est abattue violemment sur moi sans crier gare ; je me suis effondrée sur place. J'avais envie de vomir,

1. Les « trois droits fondamentaux du travail » sont, dans la constitution sud-coréenne, le droit d'organisation syndicale, le droit de négociation syndicale et le droit d'action collective.

j'ai plissé mes yeux brûlants et des larmes ont coulé, puis j'ai relevé la tête.

J'ai vu un policier à mes côtés. J'ai compris qu'il m'avait frappée avec sa matraque. J'étais confuse, troublée. Pourquoi la malchance m'avait-elle attaquée à l'instant où j'étais la plus innocente et désemparée ? Je me suis levée en vacillant et j'ai repris mon chemin devant le policier. Je ne savais pas s'il allait violemment frapper l'arrière de mon crâne ou le bas de mon dos, mais je ne pouvais pas courir, mes jambes étaient engourdies. Je me caressais l'épaule droite et j'ai avancé en boitant, sans but précis. Ma main tenait encore fermement la pierre. Je ne me retournais pas, je marchais juste en titubant. Dans cette posture maladroite qui rappelait celle d'un attardé, un sentiment étrange et familier montait en moi. Cette posture qui, inopinément, occupait tout mon corps jusque-là vigoureux et combattant, au milieu de ce carrefour du quartier Garibong, cette posture était restée très longtemps enfouie en moi... C'était quand j'avais dix ans, c'était cet après-midi de début d'automne, quand les rayons du soleil étaient ardents et qu'il faisait lourd.

À cette époque, en me promenant, j'avais remarqué une boîte de biscuits de patate douce, avec un couvercle en verre, dans la boutique qui vendait des gâteaux et des crayons de couleur. Je me suis approchée, j'ai mis la main dans la boîte et j'ai saisi une poignée de gâteaux. Le gérant s'est exclamé :

— Hé ! Toi ! Tu as payé ?

« Prise la main dans le sac », avais-je pensé, tout en soulevant de nouveau le couvercle et en laissant tomber la poignée de biscuits que je tenais. Dans ma main étaient restés collés quelques biscuits. Sans même regarder le gérant, j'ai tourné les talons et j'ai commencé à marcher, sans but précis. Tout comme je serrais la pierre dans ma main gauche en boitant pour la cacher, je dissimulais dans ma main droite les gâteaux, et j'avais marché ainsi, titubante, les bras tordus, pour paraître idiote. Cette posture sans défense et servile signifiait « Passe ton tour », « Ferme les yeux » ou encore « Je n'en vaux pas la peine » : avec dix ans de plus, dans ce carrefour de Garibong, je reproduisais cette silhouette de cruche innocente. Comme si la moi de dix ans se retrouvait dans mon corps plus vieux.

Il n'y a pas eu d'autres coups de matraque. J'ai marché un moment au hasard puis je me suis retournée. La fumée blanchâtre des lacrymogènes se dissipait. Je voyais au loin les policiers se retirer. Il n'y avait plus personne non plus devant la rue commerçante aux vitrines brisées. Sous le soleil de plomb de l'automne, les voitures filaient en scintillant. Tout changeait, comme si je me réveillais, comme si j'étais dégrisée. J'ai touché mon épaule. Je ne m'en étais pas rendu compte auparavant, mais ma chemise était déchirée d'au moins une phalange. Ma main s'est relâchée toute seule et la pierre est tombée par terre. Dans le coin d'une ruelle déserte, j'ai tendu ma paume et, tout comme lorsque j'avais vu les gâteaux en miettes collés à ma peau, une grosse boule m'est venue dans la gorge.

*

Petite, j'errais souvent dans le quartier jusqu'en fin de soirée.

Je n'étais pas la seule à m'être éloignée de ma mère depuis l'arrivée de mes tantes. Après le dîner, quand le ciel s'assombrissait, il m'arrivait de rencontrer ma grande sœur. Elle aussi rentrait de plus en plus tard. À notre mère qui lui en avait demandé la raison, elle s'était justifiée par d'incohérents balbutiements ; à chaque fois qu'elle mentait ainsi, ses épaules se rétractaient, comme le nez de Pinocchio qui s'allonge. Ma mère s'inquiétait plus de ses épaules qui se courbaient comme celles d'un estropié que de ses retours tardifs. Cependant, ne comprenant pas que ces deux phénomènes étaient liés, elle s'évertuait à redresser les épaules de ma sœur ; mais comme elle revenait de plus en plus tard, ses épaules n'ont cessé de se voûter légèrement, comme le plus misérable des clochards.

Tout en musardant dans le quartier, je commençais à voler dans les petites épiceries, des biscuits de patate douce et des chewing-gums, ou des cigarettes à l'unité. Plus l'automne avançait, plus je m'enhardissais ; je volais sans frémir les coûteux crayons de couleur ou les sets de stylos. Un jour, le gérant qui a fini par me surprendre est allé voir ma mère. Quand elle a appris que j'avais commis de tels crimes, moi qui étais pourtant sotte et très timide pour mon âge, elle a été très surprise et en rage. Sa fureur a jailli de plus belle lorsqu'elle a vu que je ne laissais échapper aucune larme, seulement des cris. Non seulement elle a fouetté mes mollets beaucoup plus fort que prévu, mais sa rage n'est même pas tombée à la fin de la punition. Elle m'a envoyée dans le grenier et m'a ordonné de rester assise sur les genoux, les mains en l'air.

Le grenier était l'endroit que je détestais le plus. Il s'y entassait les meubles et divers objets oubliés. Comme dans ma chambre humide des années plus tard, la poussière montait au nez et une odeur prononcée de moisissure s'y répandait, et le sol était jonché de cadavres d'insectes. Min-jeong m'avait même dit qu'elle avait déjà vu des souris. La petite fenêtre donnait sur la maison de notre voisin, le papy paralysé, les arbres qu'il avait plantés à la lisière de sa cour se dressaient en saillie juste devant la fenêtre et ajoutaient une ambiance sombre et froide.

Dès que je suis entrée dans la pièce, un sentiment d'injustice et de colère a explosé en moi. *Elle a osé me taper alors qu'elle ne s'occupe même pas de moi ! Elle a osé me frapper !* Mon corps brûlait autant que le cratère de l'Etna. Je fronçais mes sourcils à l'extrême, si bien qu'ils ne faisaient qu'un, et je me suis mise à ouvrir gros les yeux, le regard noir. La douleur et la colère se mélangeaient, comme aveugle et sourde je souhaitais mourir. Les bras levés pour ma punition, je frissonnais.

Je me suis collée à un vieux coffre placé sous la fenêtre. Peu après, j'ai éprouvé un sentiment agréable et mon regard agressif s'est détendu. Je me suis endormie dans ce recoin, comme un oiseau dans son nid.

J'ai été réveillée par un cri. Une voix aussi aiguë que celle de Min-jeong. À ma droite, où il ne devrait rien y avoir, se tenait une sorte de poteau noirâtre.

J'ai entendu un soupir semblable à celui des lamentations d'un fantôme. Apeurée, j'ai crié :

— Maman ! Maman !

— Mon Dieu ! J'ai failli avoir une crise cardiaque.

Le poteau n'était autre que la robe vietnamienne qu'elle portait. Elle s'est précipitée vers moi.

— Tu as froid ? C'est bon, lève-toi. Depuis quand es-tu une mauvaise fille qui vole ce qui appartient aux autres ? Tu m'as déçue, tu sais.

Je me réchauffais à ses mots et à ses mains qui m'ont saisie. Je compris qu'elle me pardonnait. Je voulais me lever, mais je n'ai pas eu assez de force, trop longtemps restée sur mes genoux. J'avais des fourmis dans les jambes. Je me suis affaissée en sanglotant. Je comprenais à quel point ce que j'avais fait était honteux. Ma mère m'a pris sur son dos en laissant échapper un « C'est fini ».

— *Aïgo*, qu'ai-je fait, je mériterais la mort ! Comment, moi, sa mère, j'ai pu oublier de l'avoir punie ? Comment pourrais-je être une bonne mère si elle tombe malade à force d'être restée dans le froid de ce grenier ?

C'est grâce à cette punition que la courte histoire de ma cleptomanie a pris fin. Quand nous avons pénétré le *maru*, je sanglotais encore, accrochée à ses épaules. Ma mère a préparé mon lit dans la chambre des femmes, m'a couchée et m'a enveloppée de la douce couverture que j'adorais caresser.

— Essaie de dormir, d'accord ?

Elle est sortie. Cela faisait bien longtemps qu'elle ne m'avait pas rendue aussi heureuse.

Je suis restée éveillée et j'ai surpris l'échange entre ma mère et ma tante cadette.

— Tu sais, quand je suis allée au grenier… Ha, mon Dieu, j'ai vu ce que je n'aurais pas dû voir.

— Quoi donc ?

Je pouvais parfaitement m'imaginer ma tante dévorée de curiosité. Je m'attendais à ce que ma mère parle de la pitoyable mine de sa fille qui somnolait comme la petite fille aux allumettes. Sa voix basse est parvenue jusqu'à mes oreilles.

— La mamie d'à côté. Son mari n'était pas alité !

— On raconte que c'était un débauché quand il était jeune, non ? Ceux qui n'ont rien foutu de leur jeunesse finissent tous mal.

Puis ma tante cadette s'est mise à parler de son propre mari, mais, curieuse, elle s'est interrompue et a demandé :

— Mais pourquoi tu me parles de ça ?

— Quand je me suis aperçue que j'avais oublié Mi-ok, je me suis précipitée dans le grenier. Elle était en train de dormir dans un coin, et quand, par hasard, j'ai jeté un coup d'œil par la fenêtre…

Ma mère avait dit « par hasard », mais je savais qu'elle avait longuement observé la cour de la maison d'à côté.

— Tu as vu quoi ?

— *Aïgo*, c'était insensé…

— Hein, quoi ?

— Son mari se tenait debout, tout nu, et la mamie l'arrosait avec le tuyau, elle le faisait pivoter pour le nettoyer, le papy ne faisait que trembler…

— Hein ? Elle faisait ça en plein milieu de la cour avec le papy tout nu ?

— C'est ça. À l'eau froide, par ce temps… Il n'arrêtait pas de crier.

— Mais ils n'ont pas de salle de bains chez eux ? Pourquoi ils font ça dans la cour ?

— Je pense que le papy a dû se faire dessus.

— *Aïgo*, en plus il ne sait pas faire ses besoins tout seul ?

— Non, c'est pas ça, parfois, quand il sort, il est pris d'une envie urgente, mais comme il ne contrôle plus son corps, on dirait qu'il ne peut plus attendre.

— *Aïgo*, on est bien notre seul ennemi !

— Mais quand même, mon Dieu, avec ce froid de canard, il suffit d'une main dans l'eau pour frissonner de la tête aux pieds.

— C'est pas faux...

— Il avait tellement froid que ses fesses étaient violacées comme celles d'un bébé...

— *Aïgo !* Haha !

— Qu'est-ce qu'il y a de drôle ? Elle n'a pas l'air comme ça, la mamie, mais faire ça à son mari... même s'il lui en a fait voir plus jeune...

— Moi aussi j'aurais agi ainsi. Cent fois pire ! Si ce salaud rentrait en s'étant fait dessus, tu crois que je passerais outre ? Hi, hi ! J'te le déshabillerais sur place tout nu près de l'entrée pour que tous les voisins le voient...

Désormais assoupie non loin d'elles, les cauchemars me gagnaient. Je choisissais un objet dans la boutique, et au moment de payer, je ne trouvais plus mon argent. Le gérant de la boutique était le papy d'à côté, il me pourchassait avec ses bras et ses jambes aux veines violacées. Alors que je fuyais de toutes mes forces, je tombai subitement d'une falaise, c'est alors que je me réveillai. Je me trouvais déjà trop grande, mais il semble que ce n'était pas fini[1]. Je faisais déjà une tête de plus que Hae-su à l'école.

*

J'ai retrouvé Jong-tae au point de ralliement, l'entrée de l'église. Il avait beaucoup pleuré. Tout le monde avait les yeux et les joues gonflés et rouges à cause des grenades lacrymogènes. Le soleil et la poussière nous faisaient un visage hâlé et sale, tiré par la fatigue et la faim. Néanmoins, Jong-tae débordait encore d'énergie.

— Tu es encore en vie !

---

1. D'après une superstition coréenne, rêver de tomber d'une falaise annonce que l'on grandira.

Il m'a souri et a posé sa main fermement sur mon épaule. Nous avons pénétré dans la cour de l'église. Ce bâtiment était bien trop petit pour le nombre de personnes qui s'y étaient réfugiées. La porte était grande ouverte et des chaises en fer étaient alignées. L'intérieur était bondé.

— Tu veux t'asseoir ?

— Non.

J'ai frotté mon visage. J'aurais aimé que Jong-tae presse une fois de plus mon épaule.

— Je vais me débarbouiller.

— D'accord, je vais m'asseoir un peu.

Jong-tae m'a répondu avec la même fermeté que lorsqu'il m'appuyait l'épaule. Je suis entrée dans le bâtiment, jetant des coups d'œil ici et là pour trouver les toilettes, quand j'ai aperçu un visage vaguement familier qui me dévisageait. J'ai hésité à détourner le regard. C'était Hae-su. Elle s'est levée d'un long banc en bois, sans montrer de signe de surprise. J'ai cru qu'elle allait me rejoindre, mais elle est simplement restée debout, les yeux tournés vers moi. Je suis allée jusqu'à elle avec hésitation.

— Euh... Tu es bien Bak Hae-su, n'est-ce pas ?

C'est alors qu'elle s'est inclinée.

— Oui. Heureuse de te voir, Mi-ok.

Sa voix était étonnamment posée et basse.

— Je te regardais depuis ton entrée.

— Vraiment ? Je viens juste de te voir.

Comme durant notre enfance, Hae-su a arrangé le col de ma chemise et m'a demandé :

— Tu es blessée ?

— Non, c'est juste que...

Elle continuait à tripoter ma chemise, sans dire mot. Ne pouvant supporter l'embarrassant silence, je lui ai posé une question stupide :

— Tu viens d'où ?

Le sens de ma question était une façon lamentable de demander : « Toi aussi, t'es à l'université ? Toi aussi, tu participes au mouvement pour la démocratie ? » Hae-su l'avait bien évidemment compris.

— C'est l'église que je fréquente.

— Je vois. Tu allais déjà beaucoup à l'église quand tu étais petite.

— ...

— Ah ! J'ai reçu un appel de Min-ja la dernière fois. Elle m'a dit qu'elle organisait une réunion d'anciens élèves.

— On ne m'a pas contactée. Et j'ai déménagé.

— Mais je n'y suis pas allée.

— ...

— Bon... peux-tu me dire sont les toilettes ?

— Tu vois la porte noire là-bas ?

— Ah, d'accord, merci. Eh bien, à une prochaine fois !

Je l'ai quittée subitement, comme si j'étais poursuivie. Cette rencontre était bien fugace. Hae-su avait toujours son front bombé et ses nombreuses taches de rousseur, ses deux nattes n'en formaient désormais qu'une, mais à part cela peu de choses avaient changé. En vérité, Hae-su elle-même avait changé. Elle n'était plus la fille vigoureuse, la déléguée prompte, qui ne craignait rien, pas même d'être insultée, le roc le plus élégant de la classe. Son corps était petit comme s'il avait arrêté de grandir. Son visage brillant et indifférent me nouait la gorge. Sur sa peau hâlée, ses taches de rousseur plus prononcées ressemblaient à des traces de larmes. Hae-su, qui avait été ma meilleure amie, comment avait-elle pu à ce point devenir petite et faible ? Ce ne pouvait tout de même pas être à cause de moi...

En me rapprochant de Yun-a, je m'étais éloignée d'elle ; Hae-su détestait Yun-a et, même si elle avait été blessée, elle n'avait jamais laissé exploser sa colère devant moi. Ce n'était pas comme si j'avais volontairement dénigré Hae-su et choisi Yun-a. J'étais comme un époux indécis qui aime son épouse sérieuse mais est également stimulé par la légèreté de sa concubine. J'aimais Hae-su mais n'aimais guère Yun-a ; or, de manière absurde, je fréquentais plus souvent Yun-a et, à cause de ce comportement inexplicable, j'avais fini par me détourner de Hae-su. Nous nous étions promis d'être des amies pour la vie. Mais à la rentrée printanière de la sixième année, nous avons été placées dans des classes différentes. Nous nous étions bien envoyé des lettres, mais le contact s'était naturellement rompu et, une fois au collège, il ne m'était même jamais arrivé de l'apercevoir. Je m'étais éloignée de Hae-su de ma propre initiative et, loin d'avoir la force de lui demander pardon, je n'avais plus le courage de l'évoquer dans mon esprit. C'est à cette occasion que j'avais compris le cœur d'un vieil époux qui, plus il aimait son épouse, moins il avait la force de la respecter.

Ma tante cadette avait mené sa petite enquête : le papy de la maison d'à côté était rentré piteusement chez son épouse.

— Sa concubine a dilapidé toute sa fortune, et quand il a été malade, elle l'a foutu dans une voiture, alors qu'il ne pouvait même plus utiliser ni ses mains ni ses pieds, et l'a déposé enroulé dans une couverture devant la maison.

Ma mère n'en croyait pas ses oreilles. Ma tante avait tendance à exagérer. Elle a continué d'exposer le résultat de son enquête :

— *Aïgo* ! Non seulement c'est le plus misérable des misérables, mais en plus, à cette époque, il était si paralysé qu'il ne pouvait même pas bouger comme aujourd'hui. La mamie pensait au début que c'était un clochard dans la rue, mais, en y regardant de plus près, elle a compris que c'était son vieux mari ! Il pleurait à chaudes larmes, toujours en vie.

— *Aïguna* ! Juste ciel ! Il a été puni par les esprits ! *Aïguna* !

C'était ma grand-mère qui avait gémi.

— Maman ! Sais-tu à quel point c'est fréquent, ce genre d'histoire ? Heureusement que son épouse l'a repris chez elle… elle est vraiment digne. Elle aurait pu tout simplement le laisser mourir de faim dans un coin de la maison. Il est infirme, il subit ce qu'il doit subir. C'est ça, la punition divine, il récolte ce qu'il a semé, cet imbécile devait s'y attendre quand il allait voir ailleurs. Mon crétin de mari aussi, quand il était encore jeune...

En grandissant, j'ai souvent repensé à l'histoire de nos voisins, dans la crainte qu'en batifolant d'amitié en amitié je reçoive la même punition divine.

Dans l'église, mon regard s'attardait sur la nuque de Hae-su. À la fin du sermon, les personnes qui se trouvaient derrière ont reformé des rangs en mêlée, bras dessus, bras dessous, je les ai rejoints et nous nous sommes dirigés vers l'entrée. Debout, Hae-su chantait tout en observant la tête de cortège. Je ne pouvais que la voir de profil. Ses lèvres chantaient « Nous vaincrons », elles bougeaient au rythme des paroles tout comme lorsqu'elle me faisait de petits bisous sur la bouche, les jolies lignes de son menton et de son cou ondulaient au rythme de son chant. Hae-su chantait comme si elle priait. *Oh, au plus profond de mon cœur, j'y crois... Nous vaincrons... Ooh...*

Alors que je les écoutais chanter, j'ai pensé à Hae-su qui, pour moi, avait montré les poings, s'était énervée et s'était tenue sans peur face aux autres enfants. Hae-su m'avait chérie sans la moindre raison, sans la moindre rancœur. Qui aurait pu imaginer qu'elle deviendrait une jeune femme au visage si triste, avec ces taches de rousseur suspendues comme des larmes ? J'ignorais que ce moment serait la dernière fois que je la verrais.

Le cortège a franchi la porte de l'église et a continué son chemin. Des fourgons de police étaient alignés à l'ombre de l'autre côté de la route. Les policiers se tenaient en rang. Pendant que nous chantions, ils s'approchaient lentement. *Nous ne craignons rien... Nous ne craignons rien... Aujourd'hui...*

« Asseyez-vous ! Asseyez-vous ! » a-t-on entendu crier derrière. Les personnes en tête de cortège ont commencé à s'asseoir avec hésitation. Jong-tae et moi avons fait de même. Je voulais tourner la tête, mais je n'ai rien fait. Je pensais que Hae-su chantait pour moi, devant son banc. Si je mourais ici, je savais qu'elle prierait pour moi. *Oh, au plus profond de mon cœur, j'y crois... Nous vaincrons... Ooh...*

Les policiers qui s'étaient lentement approchés se sont tout à coup jetés sur nous avec violence. Je me suis relevée, comme sortie d'un rêve, et Jong-tae s'est remis sur pied péniblement. Tous deux avons pensé : *C'en est fini de nous* ! Je me suis retournée instinctivement. Derrière moi, les gens se dispersaient le plus vite possible, comme si dès le début ils n'avaient jamais été assis. Alors que je cherchais du regard l'église où se trouvait Hae-su, ma tête a été projetée sur le côté.

— Prends ça, sale garce !

Je me suis docilement soumise à la main brutale qui avait attrapé ma nuque. Tête baissée et corps courbé, j'ai été traînée jusqu'à un fourgon, et la main a desserré son emprise sur mon cou. Un policier a poussé dans mon dos sans un mot, et je suis montée dans le fourgon. Les autres étudiants arrêtés étaient installés. Je me suis assise au fond près de la vitre. En me rejoignant, Jong-tae m'a lancé un grand sourire. J'ai répondu en grimaçant.

Petit à petit, le véhicule se remplissait. Les étudiants chantaient des slogans contre la dictature militaire et les violences policières. Quand un policier a grimpé avec nous, les slogans ont repris un ton plus bas. Sa tenue lui donnait un air lourdaud, mais il avait le visage découvert. Même les policiers avaient un visage. Comme un grand frère surchargé de travail et agacé par son petit frère, il a parcouru des yeux l'intérieur du fourgon.

— Vous allez vous taire, oui ?

Cette courte phrase était sortie d'une voix juvénile. À ces mots, les étudiants se sont mis à crier leurs slogans encore plus fort. Le policier a pincé ses lèvres, comme une femme qui boude, puis a retiré ses gants épais. Avec sa matraque, il a tapoté sa paume nue.

— Que celui qui veut l'ouvrir s'approche de moi ! Qu'il vienne l'ouvrir ici pour voir !

Des slogans ont de nouveau résonné dans mon dos, mais je ne les ai pas criés. Des hurlements ont retenti dans le fourgon. Le policier avait commencé à asséner des coups sur la tête des étudiants.

— Baissez la tête ! Bande de connards ! Je vous ai dit de la baisser !

Il faisait tournoyer sa matraque. J'ai entendu un grand bruit sec à côté de moi en même temps que le cri de douleur de Jong-tae. Il tenait sa tête entre ses deux mains. Je tremblais. Qu'est-ce qu'il se passait ? J'ai posé ma main sur son épaule. Heureusement, il était en vie, mais il semblait avoir si mal qu'il ne pouvait retirer ses mains de son crâne. J'ai relevé la tête pour jeter un œil alentour. Le policier se tenait à côté de Jong-tae. J'ai croisé son regard. Il s'apprêtait à remettre tranquillement ses gants, mais dès qu'il a vu que non seulement je ne baissais pas la tête, mais qu'en plus j'avais le cou bien relevé, il m'a giflé la joue et le front avec ses gants en cuir. J'ai rabaissé ma tête en sanglotant. Je me serais sentie moins humiliée avec un coup de matraque.

Si les gens peuvent échanger un sentiment dans leur regard, alors, à ce moment-là, le policier et moi avions communiqué. Malgré mes efforts pour faire transparaître une hostilité brûlante à son égard, il avait dû y lire la supplication et la peur. Il avait vu mon regard baissé comme un chien abaisse sa queue ; il avait dû penser que comme il était inutile d'utiliser un couteau à bœuf pour attraper une poule, il pouvait de même me punir non pas avec sa matraque, mais avec ses gants. Ni Jong-tae ni Hae-su n'ont rien su de la vraie raison de mes larmes. Je voulais me cacher, comme lorsque je dissimulais mon long corps derrière celui de la petite Hae-su.

C'était déjà la nuit quand le fourgon s'est mis en marche. Nous retrouvions de l'entrain, soulagés de savoir que nous n'aurions plus à être flagellés. Jong-tae, les lèvres pincées, a murmuré qu'il avait une bosse. Je l'ai doucement palpée.

— Elle a l'air bien grosse.

Dans le fourgon, seuls ceux qui se connaissent discutaient entre eux, leurs voix en doux murmures. Les lumières de la route qui filtraient à travers le grillage des vitres dessinaient d'étranges motifs dans l'obscurité du véhicule. Je souhaitais que ce fourgon roule encore pendant longtemps. C'était l'automne. Une trahison secrète se tapissait toujours dans mes automnes.

*

Le bistrot devant la gare de Yeongdeungpo dégageait une ambiance de cinéma de troisième zone, avec ses sièges épars recouverts de velours terne. Le café y était infect et froid. Sur la table était disposée une boîte de fer qui donnait la bonne aventure du jour lorsque l'on y insérait une pièce. Tout en manipulant la boîte, j'ai demandé à Jong-tae :

— Tu as commencé à réviser ?

— Pas encore.

— Tu penses que ça ira ?

— Mon dossier est encore en cours d'évaluation, on dirait qu'ils se méfient. Mais je pense que ça devrait aller si je m'adresse à la bonne personne.

Nous fumions. Jong-tae attendait que je prenne la parole. Ma tête était vide. Même avec de l'alcool, mon esprit restait clair, comme quand je suis angoissée et que ma tête est embrumée par la cigarette, mais que ma raison s'inquiète des obligations quotidiennes.

— Et si on buvait un verre ?

Le visage pur et doux de Jong-tae a pris un air sévère. Je me suis tue devant sa réaction. Cet automne où j'avais été prise d'une léthargie semblable à un état d'épuisement extrême, j'étais déjà en troisième année, mais je n'avais toujours pas pu corriger la mauvaise habitude de boire avant d'aller aux manifestations. Désormais parfaitement conscient de cela, Jong-tae adoptait une attitude inflexible. La première fois qu'il avait compris, il n'avait pas pu cacher sa surprise.

— Vraiment, pour... Pourquoi tu fais ça, Mi-ok ? avait-il bafouillé. Il faudrait que tu arrêtes avec ça, vraiment.

Malgré ses supplications, je jouais à cache-cache avec la petite fille en moi. Comme une mère maltraitante qui médicamente son enfant, j'avais toujours une bouteille de mauvais alcool occidental dans mon sac et je la sirotais à chaque manifestation. Puis je promettais que je ne recommencerais plus ; et en direction de cette petite fille dont le visage se dégrisait peu à peu, je faisais repentance, en pleurant à chaudes larmes. La roue des péchés et des repentances ne s'arrêtait pas. Je remuais ma tasse de café quand Jong-tae m'a posé la question qui le taraudait :

— Tu ne viens pas de ton travail, n'est-ce pas ?

Je l'ai regardé d'un air morne. Une fois ma cigarette consumée, Jong-tae m'en a tendu une autre. J'ai jeté le mégot dans le cendrier en fer et j'ai mis la cigarette en bouche.

— Tu es en repos ? Ou tu n'y es tout simplement pas allée ?

— Je n'y suis pas allée.

— Je vois.

J'ai mouillé ma gorge sèche du café âpre et amer. Les clients me regardaient. Mal à l'aise, je fumais et me creusais la tête pour trouver une manière d'annoncer à Jong-tae que je voulais arrêter l'usine.

— Tu vas au boulot demain, hein ?

Face à ce ton suppliant, j'ai baissé la tête.

— Que se passe-t-il ?

— Je veux travailler ailleurs.

— C'est plus ou moins pareil partout, tu sais.

— Je ne veux pas être dans une usine.

— Pas dans une usine ? Alors où ?

Je ne savais que dire. Je ne pouvais pas affirmer que tout m'allait tant que ce n'était pas aussi bruyant qu'à l'usine. Jong-tae a essayé de me convaincre, mais j'ai résisté. J'avais le vain espoir que, sans dire mot, Jong-tae me comprendrait un peu, comme il l'avait toujours fait, qu'il me regarderait d'un air réprobateur avant de me rassurer d'un sourire bienveillant. Fatigué de mon entêtement, Jong-tae m'a demandé d'un ton à moitié menaçant ce que je voulais faire au juste. C'est alors que j'ai ouvert la bouche à contrecœur, comme un stupide bœuf avance d'un pas lourd et maladroit.

— Je vais aller dans une agence de recrutement.

Jong-tae m'observait comme s'il avait affaire à une jeune étudiante sans plomb dans la cervelle. J'ai scruté chacune de ses expressions. Toutefois, ma langue étant trop lente, les mots que je prononçais s'écoulaient lentement.

— Mais j'ai peur d'y aller toute seule...

— C'est pour ça que tu voulais me voir ? Tu sais ce que tu veux faire, au moins ?

— Non.

— Tu dois quand même avoir une petite idée ?

Il s'énervait. J'étais nerveuse.

— Quelque chose comme agent d'entretien...

J'ai murmuré cela un peu par hasard. Mais, après l'avoir lâché, je me suis dit que ce n'était pas une si mauvaise idée. Je pourrais mettre de la musique en fond, et comprendre la douleur des classes laborieuses.

— Tu crois que ça marcherait ?

— Oui, c'est possible, m'a-t-il répondu avec indifférence. Commençons par partir d'ici.

Jong-tae s'est levé, impassible, mais je me souviens du court soupir qu'il a laissé échapper en sortant du café. Pendant que nous nous mettions en quête d'une agence de recrutement, mon cœur s'est serré de constater qu'il n'avait pas une once de confiance en moi.

*

J'avais été embauchée dans une usine de vêtements du quartier de Seongsu. J'y suis restée environ une semaine.

Le premier jour, le gardien m'a dit d'attendre et a pris l'interphone.

— Y a une demoiselle qui est là pour un poste.

Son « demoiselle » résonnait de façon légèrement inquiétante dans mes oreilles. Peu après, un homme en costume est apparu. D'un signe de la tête, le gardien m'a intimé l'ordre de suivre l'homme. Nous sommes entrés dans l'usine de confection. Dès qu'il a ouvert la porte en fer, un tintamarre pareil à des explosions s'est fait entendre. L'atelier était aussi spacieux qu'un immense amphithéâtre. Une soixantaine d'ouvrières habillées d'une coiffe et d'un haut bleu ciel s'affairaient devant des dizaines de petites machines, et entre elles se faufilaient des hommes portant une veste bleue qui transportaient d'énormes baluchons. De l'autre côté de la porte se trouvait un bureau vitré, sûrement le bureau de surveillance qui gardait un œil sur les ouvrières. Je suis entrée dans le bureau à la suite de l'homme en costume. Il m'a fixée d'un air sévère.

— Tu as ta carte d'identité, hein ? Et tu as des talents particuliers ?

J'ai sitôt baissé la tête. Il a hoché la sienne avec force comme pour dire que, bien évidemment, il s'y attendait.

— Tu habites très loin, mais bon, on a un dortoir. Alors, tu veux commencer dès maintenant ?

Afin de passer pour une banale aspirante ouvrière, j'ai demandé d'une voix hésitante quel était le salaire. Il a claqué sa langue comme s'il venait de recevoir une question absurde avant de déclarer que c'était comme dans toutes les entreprises du coin.

— Personne ne donnera un bon salaire à quelqu'un sans expérience comme toi. Ton salaire journalier augmentera au fur et à mesure et, plus important, nous t'apprenons une technique.

Comme s'il faisait acte de charité, il a tiré de son tiroir une feuille qu'il m'a tendue.

— Voici quarante tickets-repas, ils seront déduits de ton salaire mensuel, mais tu peux déjà manger avec ça.

Il m'a escortée jusqu'à l'entrée du bureau. Le bruit était assourdissant. Quelques têtes recouvertes de leurs coiffes bleues ont jeté un œil sur moi.

— C'est une nouvelle, apprenez-lui bien le métier, d'accord ? a crié l'homme tout en me désignant une place.

Les ouvrières ont hoché deux ou trois fois la tête pour indiquer qu'elles avaient compris. À gauche, une femme paraissant âgée s'occupait de coudre la boutonnière, à droite, une fille qui avait de l'acné semblant plus jeune que moi s'occupait de coudre les boutons. Elles étaient toutes deux assises devant leur machine. Face à moi, une montagne de t-shirts jaunes en coton. La femme de gauche m'a donné un crayon. Elle a bien ajusté le col du t-shirt puis a enfoncé la mine du crayon dans les trous des boutons et a marqué l'endroit où le bouton serait cousu. J'ai répété son geste. Quand l'ouvrière de gauche jetait devant moi les t-shirts qu'elle venait de pointer, il suffisait que j'inscrive où seraient cousus les boutons en fonction de leur trou puis que je lance à mon tour les t-shirts à l'ouvrière de droite.

Le travail semblait simple et facile. Mais au bout d'à peine une heure, j'ai ressenti un vif épuisement. Trois boutons. La femme de gauche n'avait besoin que d'un « trrrr trrrr trrr » pour pointer les trous de boutons, celle de droite, d'un simple « tac tac tac » pour coudre les boutons. Coincée entre elles, je refrénais mes émotions afin de pouvoir suivre le rythme des machines. Les vêtements devant moi formaient une pile de plus en plus haute. La fille boutonneuse à droite avait carrément croisé les bras en attendant que je lui jette les vêtements que je venais de marquer avec la mine du crayon. Je n'entendais ni la musique ni le bruit des machines. Une femme inconnue s'est approchée et m'a dit que la chaîne prenait du retard. J'avais peur que mes voisines me détestent. Mais à l'usine, personne n'aime quand on va trop vite. Alors que je suais à grosses gouttes, l'ouvrière de gauche m'a conseillé de ralentir. J'ai ressenti un vif élan de sympathie pour elle.

Après avoir fini de marquer l'emplacement des boutons sur les t-shirts jaunes, on m'a mise sur un autre poste, où j'ai fait des travaux simples comme marquer l'emplacement des rubans décoratifs ou enlever les bouts de fil des habits finis. Le soir, l'usine était sens dessus dessous. Les haut-parleurs annonçaient que le dîner pour les heures supplémentaires était prêt et nous invitait à nous diriger vers la cantine. J'ai suivi la vague des coiffes bleues. Une fois sorties de l'atelier, elles se dispersaient toutes dans différentes directions. Alors que je restais plantée là, quelqu'un m'a tapoté l'épaule. C'était la fille boutonneuse assise à ma droite lors de mon premier poste.

— La cantine est au sous-sol.

Je l'ai remerciée d'un sourire. Elle s'est approchée et a murmuré, comme pour me proposer une transaction secrète :

— Il faut des tickets-repas pour manger, tu ne veux pas acheter les miens ?

Elle a été surprise quand je lui ai répondu que j'en possédais déjà.

— Tu les as eus où ?

J'ai cherché mes mots pour désigner l'homme en costume, mais j'ai fini par dire que c'était « l'homme de tout à l'heure » puis j'ai sorti les quarante tickets de ma poche.

— Ah ben ça, j'y crois pas !

Tandis qu'elle ronchonnait, j'ai fixé d'un air vague les boutons collés les uns aux autres sur son visage. J'ai compris vite la raison de sa colère. Son plan de me vendre ses tickets-repas était tombé à l'eau.

Le repas était médiocre. Le riz n'avait aucun goût, mais on pouvait en prendre à volonté. La soupe était une soupe de pâte de soja fermenté avec très peu de mets d'accompagnement, mis à part le kimchi, et il y avait de la tête de merlan et du radis blanc mijotés dans une sauce soja pimentée. Les têtes de merlan et les morceaux de radis blancs coupés en longues tranches étaient mélangés à un assaisonnement marron qui avait coagulé comme du sirop. Les hommes attrapaient avec leurs baguettes les têtes de merlan puis les suçaient ou bien les mâchaient avant de les recracher ; les femmes coupaient le radis blanc noirâtre et ramolli avec leur cuillère et fouillaient la tête de merlan à l'aide de leurs baguettes. Je mangeais avec la fille pleine de boutons, mais celle-ci partageait un seul plateau avec une autre ouvrière.

— Les tickets-repas sont retirés dès le début sur notre salaire, ils nous donnent trente tickets.

— Mais si on mange au moins deux repas, ce n'est pas suffisant, non ?

Les deux femmes ont ri.

— Si on a de l'argent, on mange à l'extérieur, ou bien on cuit des nouilles dans le dortoir, ou bien on partage un plateau, et ainsi il nous reste au moins dix tickets chaque fois.

C'était malin. Quand la boutonneuse a révélé à la femme en face que j'avais reçu quarante tickets de l'homme en costume, cette dernière a ouvert grand les yeux tout en claquant la langue. Je n'ai pas pu manger plus de la moitié de mon plateau. Dès qu'elle m'a vu poser mes couverts, la boutonneuse s'est emparée de ma soupe.

Une fois revenues à l'atelier, une ouvrière au visage enfantin a interpellé la boutonneuse. Le haut de son corps n'était pas bien développé, on aurait dit une jeune fille. La boutonneuse s'est dirigée vers elle à contrecœur. La fille lui a lancé un sourire :

— Je crois que vous avez du tissu inutilisé ici, je peux l'avoir ?

Pendant que la boutonneuse fouillait les cartons, la jeune attendait patiemment. Elle venait apprendre la technique de couture des boutons. La boutonneuse lui a jeté un morceau de tissu, puis assise à la place préparée pour elle, a écarté ses jambes et a appuyé sur la pédale de la machine à coudre. La jeune regardait avec attention. La boutonneuse m'a demandé un crayon et, avec celui-ci, elle a marqué un point sur le morceau de tissu.

— Appuie sur la pédale.

La jeune a eu le morceau de tissu à son tour et a répété les gestes.

— Je te l'ai déjà dit, tu appuies trop vite.

La boutonneuse a marqué de nouveau un point, et la jeune fille a recommencé.

— C'est presque ça.

Un sourire s'est propagé sur son visage. La boutonneuse lui a tendu un pull léger pour le printemps ou l'automne.

— C'est un article compliqué...

La jeune a eu un regard inquiet, mais l'autre a hoché la tête d'un air affirmé.

— Tu te débrouilles bien, alors essaie. Je ne te l'aurais pas donné si je pensais que tu ne pouvais pas le faire.

La jeune a déposé le pull et a mis un bouton au-dessus de la marque. Puis, la bouche plissée de concentration, elle a commencé à appuyer légèrement sur la pédale.

— Bah voilà, tu vois que t'y arrives.

À ces mots, la jeune était si émue que sa chaise tremblotait. La boutonneuse lui a tendu un autre pull et elle a cousu le bouton. L'ouvrière a affiché un air satisfait. Elle était tout aussi concentrée que la jeune fille. Elle a continué de lui tendre cinq autres pulls et la jeune fille y a cousu les boutons avec dextérité. Bientôt, ce sera mon tour, ai-je pensé.

Les haut-parleurs et la musique qui l'accompagnait ont résonné fort pour annoncer la fin de la pause de vingt minutes. La jeune fille est partie en ayant à peine le temps d'esquisser son radieux sourire, la boutonneuse s'est remise à sa place, et moi je suis allée ici et là tantôt pour marquer des tissus, tantôt pour en découper, des travaux simples. Les deuxième et troisième jours, même chose. On m'a donné ma coiffe et mon haut de travail bleus, et désormais certaines des ouvrières me reconnaissaient. Le travail me semblait plus facile qu'au début. Mais à la moitié de la semaine, j'ai été prise de sévères migraines. À l'heure du coucher, l'horrible tapage et la musique de l'usine continuaient de rugir en moi, ces bruits s'agitaient dans ma tête comme si on secouait dans tous les sens une tirelire remplie de monnaie. Épuisée, anxieuse, à la fin de la semaine, j'ai abandonné.

*

Le conseiller de l'agence de recrutement avait une idée très arrêtée sur ce qu'une femme de mon âge pouvait faire ou ne pas faire. Il a feint un moment de prêter l'oreille à mon souhait de devenir agent d'entretien, puis il a balayé le sujet avec désinvolture.

— Agent d'entretien ?

Il a prononcé ces mots comme si c'était la première fois de sa vie qu'il entendait parler de ce métier, puis a agité la tête avec irritation.

— Si tu veux faire ça, va chercher ailleurs.

L'agence de recrutement fourmillait de personnes. La plupart avaient quarante ou cinquante ans, les femmes étaient plus nombreuses que les hommes. Les hommes fumaient ou faisaient des va-et-vient nerveux, les femmes assises sur des chaises formaient des groupes de deux ou trois et discutaient entre elles. Hommes ou femmes, quand leur nom était appelé, tous sursautaient de surprise, arrangeaient leurs habits et, d'un mouvement honteux et hésitant, se dirigeaient prudemment vers le conseiller qui leur était attribué. Celui qui m'avait rembarrée a fait ensuite asseoir une femme d'une cinquantaine d'années. Il jetait parfois des coups d'œil nerveux à Jong-tae et moi, assis à quelques mètres. Il n'était pas plus sympathique envers cette femme.

— Parmi ceux qui veulent trouver un emploi, des gens comme toi, il y en a à la pelle.

Il a recommandé un poste de plonge en cuisine à une femme. D'après lui, ce travail était beaucoup plus intéressant que celui de femme de ménage payé à l'heure. La femme hésitait, elle préférait travailler à l'heure pour s'occuper de son enfant, alors le conseiller s'est aussitôt emporté :

— Dans ce cas, va voir ailleurs, va voir ailleurs !

Il semblait se servir de cette phrase comme un moyen de pression.

J'observais leur querelle. Si même une femme à ce point désespérée craignait ce poste, alors faire la plonge devait certainement être un travail tout aussi avilissant qu'agent d'entretien. Alors je me suis proposée.

Le conseiller n'a montré aucun signe de satisfaction. Dans le tableau gravé dans son cerveau, même un travail à la plonge ne me convenait pas. Il a laissé échapper un rictus en secouant la tête. J'ai quand même rétorqué qu'il venait de conseiller ce poste à quelqu'un.

— Ah, vraiment ! Certains ne savent rien de la réalité du monde. Il y a les boulots que peuvent faire les femmes âgées, et ceux que peuvent faire les jeunes femmes comme toi : qui voudrait confier un travail en cuisine à une femme de ton âge ? Est-ce que tu sais au moins en quoi ça consiste ? Écoute-moi ! Ce n'est pas que je ne veux pas te faire travailler comme agent d'entretien ou dans une cuisine, c'est qu'il n'y a personne qui recherche un profil comme le tien. Pour faire simple, que ça soit dans le domaine de l'entretien ou de la restauration, personne ne donne de travail à une jeune femme comme toi.

— Alors, qu'est-ce que je peux faire ? ai-je objecté sans force.

Le conseiller a compris que je capitulais. Tout aussi satisfait qu'un tortionnaire des renseignements qui aurait lavé le cerveau d'un espion, avec une douceur inattendue, il m'a répondu :

— D'abord, y'a pas que le travail en cuisine, il y a aussi le service en salle. C'est pas mal. Beaucoup moins fatigant et, dans le cas des restaurants assez grands, ça ne diffère en rien d'un travail en entreprise. Le salaire est payé sans retard et il y a même des bonus.

Le terme « salle » a réveillé l'instinct protecteur de Jong-tae, qui m'accompagnait.

— Parlez-vous des salons où on vend de l'alcool ?

— Mais non ! Qu'est-ce qu'il me raconte, celui-là ! Je parle de restaurant ! Restaurant ! Dans notre agence, on ne présente aucun bar ou autre cabaret ! Pour qui nous prenez-vous ?

Jong-tae restait silencieux, contenant sa colère. Le conseiller, d'un air renfrogné, a tenté de m'amadouer :

— Mademoiselle. J'ai l'impression que tu penses pouvoir tout faire, mais le service aussi, c'est bien assez difficile, alors pourquoi ne pas accepter un travail dans ce domaine ?

— Pourquoi pas.

Me voyant répondre avec docilité, le conseiller entrevoyait déjà sa commission. Il a lancé avec enthousiasme :

— Personne ne veut voir des femmes âgées au service, alors on les envoie en cuisine. Il n'y a pas de place pour toi là-bas, ni pour l'entretien. Pour le même salaire, tu seras en service. Tu as compris ce que je t'ai dit, mademoiselle ?

Je ne pouvais ni répliquer ni consentir. Pourquoi étais-je trop « distinguée » pour travailler dans l'entretien ou en cuisine ?

— Ce n'est pas parce qu'on travaille en cuisine que l'on gagne plus. En plus, très souvent, une femme âgée aurait beau se démener à servir en salle, elle ne recevra pas un aussi bon salaire qu'une jeune femme.

L'agence était noyée de fumée. N'en pouvant plus, le conseiller s'est levé d'un coup et a crié : « Arrêtez de fumer dans les escaliers ! » Bien qu'il tînt lui aussi une cigarette entre ses doigts, tout le monde s'est dépêché d'éteindre sa cigarette. Dès que le conseiller s'est rassis, je l'ai vite salué, puis Jong-tae et moi sommes sortis de l'agence. Les intenses rayons de la fin des journées d'automne baignaient de soleil les marches et illuminaient la rue devant la gare. Jong-tae essayait de lire en moi.

— Qu'est-ce que tu vas faire ?

— Je sais pas...

— Tu vas retourner à l'usine ?

— Je devrais, probablement.
— C'est vrai ?
— Oui.
— Tu fais bien. Dans ce cas, ça te dirait d'aller boire un petit verre ? Tu me raconteras comment c'est, à l'usine.
Ça me ferait du bien de parler à Jong-tae, de m'épancher sur mes angoisses, mes migraines, mon manque d'énergie. Les rayons automnaux m'ont éblouie, j'ai vacillé un instant avant de me raviser :
— Non, si je bois, je ne pourrai pas me lever demain matin. Je vais juste rentrer.
— Vraiment ?
— Oui.
— Sinon, tu veux boire un café ?
— On en a bu un tout à l'heure.
— Tu veux rentrer te reposer ?
— Oui. Je suis vraiment épuisée.
— D'accord, c'est normal.
Chagriné, Jong-tae a légèrement mordu ses lèvres et a pressé gentiment mon épaule. Cet après-midi-là, avant que je ne trahisse sa confiance, ce fut le dernier regard tendre que j'aie reçu de sa part. Devant le pont de nuages, depuis le moment où il était venu vers moi, il avait toujours posé sur moi un regard plein de bienveillance, le timide et indécis Jong-tae était mon chaleureux et magnifique refuge.

*

Le soir où j'avais été flagellée et punie dans le grenier, avant de tomber dans un profond sommeil, j'avais senti ma mère ajuster ma couverture puis caresser furtivement mes mollets en feu. Au début, sa main était brûlante et sèche, mais peu après elle devint moite, car elle avait essuyé ses larmes. Puis ma mère a appelé ma grand-mère qui tournait et se retournait sur sa couche.
— Maman, tu dors ?

— J'avais très sommeil aujourd'hui, mais ce soir je n'arrive pas du tout à dormir.

Elle s'est redressée doucement dans son lit. Ma mère lui a demandé :

— Sais-tu pourquoi je ne mange pas d'aubergines ?

— Depuis toute petite, tu n'aimes pas ça.

— J'en mangeais quand même. Maintenant, je n'en touche plus.

— C'est vrai.

Ma mère a poussé un long soupir, comme si elle s'apprêtait à exposer un long récit.

— Quand mon mari est revenu à la maison pour ses congés, il a dilapidé notre argent avant de repartir. Il n'y avait absolument plus rien à se mettre sous la dent. Mais, cette année-là, j'avais récolté en abondance les aubergines que j'avais plantées derrière la maison, malgré mon dégoût. Il fallait compenser les mets d'accompagnements que nous ne pouvions acheter, alors je les mangeais cuites avec du riz, je les assaisonnais, je les faisais sauter dans l'huile, je les cuisinais à ta manière, comme tu le faisais si bien avant, en les cuisant après les avoir coupées en deux puis badigeonnées de pâte de piment, ou encore en les faisant bien sécher pour les faire mijoter dans de la sauce soja. Durant tout l'hiver, sais-tu à quel point j'ai peiné à manger ces aubergines séchées que j'avais rangées dans un gros sac comme ça ? Par la suite, rien que voir des aubergines me donnait des douleurs d'estomac. J'étais enceinte de Mi-ok, mais je l'ignorais.

— On se lasse même de notre plat préféré si on le mange tous les jours.

— Quand j'y repense, je me dis que c'est à cause de ça que Mi-ok est de si faible constitution. À force de manger ce que je déteste. Mi-ok tombait tout le temps malade. Maman, tu t'en souviens ? On avait même dit que ses bronches étaient si faibles qu'il faudrait lui faire faire une cure près de la mer ou à la montagne et que, si on ne le faisait pas, Mi-ok serait diminuée.

— Oui, c'est ce qu'on avait dit.

— Mais si ça n'avait été que ses bronches ! À ses trois ans, un petit point rouge aussi gros qu'un grain de poudre de piment est apparu sous son œil droit, tu t'en souviens aussi, maman ?

— Bien sûr...

Ma grand-mère s'endormait doucement, alors ma mère a posé ses yeux au plafond et a levé son menton de la même façon qu'elle récitait ses poèmes :

— Au début, je pensais qu'elle s'était tachée, alors j'ai essayé à plusieurs reprises de lui nettoyer l'œil, mais j'avais remarqué qu'il grandissait jour après jour. Je pensais que ça n'était rien, au début. Mais le médecin m'a dit que c'était un hémangiome. C'est une tumeur qui se forme dans les vaisseaux sanguins, mon Dieu, elle n'arrêtait pas de grandir et plus tard, une journée où elle a pris une insolation, son visage était devenu comme une grosse grappe de raisins mûrs, comme dans notre ancienne vigne, maman. Comment faire, avec un visage pareil ?

Ma grand-mère a relevé la tête.

— J'ai demandé s'il y avait un moyen de la guérir, mais le médecin m'a répondu qu'une opération serait possible mais trop difficile, à cause de son trop jeune âge. Il aurait fallu aller dans un grand hôpital, et lui ne pouvait rien faire.

Ma grand-mère était de plus en plus absorbée par le récit de sa fille, elle battait la mesure par ses interventions. Quand ma mère a mentionné un certain docteur de l'hôpital Severance, elle s'est tapé la cuisse en s'exclamant :

— Oui, ce docteur célèbre qui a étudié aux États-Unis !

— D'après lui, il arrive que cette tumeur s'arrête mystérieusement tout d'un coup. Je suis sortie de l'hôpital en mettant tous mes espoirs dans ces paroles. Je me suis assise par terre, en pleine rue, avec Mi-ok dans mes bras, et j'ai fondu en larmes.

— Oui, je me souviens. Tu faisais des allers-retours à l'hôpital en sanglotant, tu donnais l'impression de t'effondrer à tout moment. Et ensuite ?

— Maman, tu t'en souviens, non ? Mon mari s'occupait tout seul de Mi-seon à la maison. Quand je suis revenue après un long trajet en car, Mi-ok sur le dos, il se tenait dans la cour et m'a annoncé que Mi-seon avait eu une diarrhée aiguë, qu'elle était presque morte. Alors je m'en suis remise au Ciel ; depuis ce jour et jusqu'à aujourd'hui, j'ai vécu en aidant ceux qui en avaient besoin, en n'étant jamais redevable à autrui. Mais, si le Ciel n'était pas sans cœur, pourquoi était-il si méchant avec ces petites choses ? Je sanglotais tout en gardant espoir avec leur père, on se disait ne pas perdre courage, mais sais-tu combien de longues années suffocantes j'ai ainsi passées ?

— À cette époque, ne t'avais-je pas parlé de ce monastère bouddhique ?

— Tu m'avais dit d'aller y prier, comment l'oublier ?

Ma grand-mère s'est débarrassée alors de son air las et a repris la parole :

— Je ne t'en avais pas parlé avant ?

— Ah, Maman !

Vexée, ma mère a continué :

— Je me suis rendue au temple avec Mi-ok sur mon dos. Au début, une dame est apparue et nous a accueillies. Assises en rang, on a écouté les enseignements du Bouddha dans la salle du Dharma, mais je ne comprenais rien, alors, tout le temps que je suis restée assise, je n'ai fait que prier. J'ai prié si longtemps que l'heure du déjeuner est passée et que tous les gens sortaient de la cantine. Ils m'ont donné un bibimbap, et, maman, c'était la première fois que j'en mangeais un aussi bon ! Je ne sais pas comment j'ai pu redescendre du monastère en ayant englouti ce plat si délicieux, avec Mi-ok sur le dos...

Pendant que ma mère avalait sa salive, ma grand-mère a tressailli pour signifier de vite conclure.

— Vous êtes descendues, et... ?

— Le soir, tout allait bien, mais, *aïgo*, le lendemain, très tôt, je préparais le petit-déjeuner quand, tout d'un coup, mon mari s'est mis à crier : « Regarde ça, regarde ça ! » Me demandant quel autre malheur nous avait frappés, je me suis précipitée dans la chambre et là, c'était incroyable : le rouge écarlate sous son œil prenait une teinte plus claire, la partie dont l'enflure était aussi grosse que l'ongle du pouce commençait à se craqueler et s'atténuer. Son père et moi avons pris Mi-ok dans les bras et, tout en en dansant, on s'est plusieurs fois prosternés en criant : « *Aïgo*, Grand Bouddha, merci ! Merci ! »

Des larmes ont coulé sur les joues brunes de ma mamie. Et quand ma mère a conclu en ajoutant qu'elle était retournée à l'hôpital et que le médecin lui avait dit que l'hémangiome se réduisait et que c'était vraiment miraculeux, elle a crié tout de go :

— *Aïguna* ! C'est la miséricorde du Bouddha !

Juste après, mon père a commencé à percevoir son salaire en dollars et, grâce à l'avantageux taux de change, son argent avait presque triplé. Ma grand-mère a commenté alors d'un ton triomphant :

— Qu'est-ce que je t'avais dit ? Les oiseaux bleus sont de bon augure.

Les deux mères accordaient chacune de l'importance à un aspect différent de mon histoire. Ma mère croyait avoir découvert dans le récit de mon enfance les motifs de la vie d'un héros, de la naissance extraordinaire (la légende de l'oiseau bleu) à l'adversité (l'hémangiome), au triomphe (la guérison miraculeuse). Elle projetait que mon futur serait du même acabit. Certes, je ressemblais comme deux gouttes d'eau à mon père, mais elle ne doutait absolument pas que je ressemblais à elle à l'intérieur, douée de sa sagacité ou de sa délicate sensibilité, avait-elle confessé à ma grand-mère.

Après avoir narré toute cette histoire, de la main qui avait caressé mes mollets, main qui aurait peut-être pu recouvrir mes joues d'une boursouflure rouge sombre, elle a caressé mes joues. À peu près dix ans plus tard, elles seraient violemment frappées par les gants en cuir d'un policier. Même lorsque le sommeil m'emportait doucement, je ressentais les caresses de ma mère sur mon front, sur mon cou. J'avais l'impression d'être retournée à l'époque de ma prime enfance oubliée où je n'avais ni connaissance de ce que signifiait le bonheur ni, bien heureusement, connu le malheur.

Je ressentais ce que pensait ma mère quand elle caressait ma peau.

Dire que je me suis à ce point énervée et ai puni cette petite chose si douce, j'ai vraiment mal agi.

Je suis endormie paisiblement.

*

Entre la main de ma mère et ma peau, les lèvres de Hae-su et mes joues, entre le bras de Jong-tae et mon épaule, une heureuse identification réciproque est présente et me met en joie.

Cependant, moi qui bois du soju, maintenant couchée sur mon lit de la chambre humide, je m'amuse à m'identifier d'une tout autre manière. Ce n'est plus un échange de songes réciproques. C'est un jeu où je projette mes rêves sur d'absurdes sujets qui me viennent en tête. Enivrée, je raconte mes rêves aux meubles de la chambre, au rideau à fleurs ou aux insectes. Les paroles de mes rêves commencent toutes par une supplication où je mendie l'attention : « Écoute bien, d'accord ? »

— Écoute bien, d'accord ? Je suis devenue une femme d'antan en bonne santé, je vis tout en dirigeant et gérant une grande maisonnée composée de nombreuses bouches à nourrir.

J'erre dans mes rêves du pas léger de mes idéaux.

— Je prépare une centaine de choux pour le kimchi à l'automne, fabrique de la pâte de piment, de soja fermenté et de la sauce soja dans des jarres aussi grandes qu'un homme, saumure le poisson, fais mariner les légumes dans du vinaigre et de la sauce soja pour la préparation de *jangajji*, fais sécher les herbes de montagne sur un sac de paille, garde en réserve les accompagnements selon la saison, prépare du riz dans un gros chaudron placé sur le fourneau en terre cuite aussi grand qu'un bureau, fais cuire à la vapeur des gâteaux de riz et des pommes de terre, mets de l'huile dans le couvercle du chaudron et y prépare des galettes traditionnelles, alimente le feu, puise de l'eau, fais la lessive avec de l'eau additionnée de soude caustique, travaille aux champs, mange un encas ; la nuit, je fais l'amour vigoureusement avec un homme d'antan en bonne santé et non pas avec un homme d'aujourd'hui, toujours maladif, je dors allongée comme un bout de bois, je me réveille aussi prestement qu'un oiseau, j'enfante très facilement, sans m'épuiser, des enfants en bonne santé comme antan, je respire l'air d'avant, marche sur les routes d'autrefois, admire les paysages du passé, tout en racontant des récits de jadis, c'est ainsi que je vis...

L'intérieur de la chambre humide est teinté de la vie grise d'aujourd'hui. Pendant que je parle, une autre moi, nichée dans le lit, écoute aussi silencieusement qu'un mort. Mes fantasmes, liés tels une étincelante chaîne d'argent, ruissellent sur l'eau de la rivière de l'énumération. Les rêves dorés bougent en rythme, eux qui ne ressemblent guère à mon esprit et à mon corps asséchés, mais perlent avec fraîcheur comme la chair trop mûre d'un fruit.

Je recommence : « Écoute bien, d'accord ? »

— Cette fois, je suis une personne jalouse.

Flèches de la jalousie enduites de poison que ma grand-mère a tirées sur la mamie d'à côté, que je décidai de décocher sur Seok Yun-a et No Mi-hye.

— ... maintenant, l'amour n'est plus à moi. Je ne vis que de jalousie. Je crache sur ce monde pur qui ne me considère point. Cracher, c'est l'expression de la jalousie. « Poètes ! crachez ! », ce vers du poète Kim Su-yong résume très bien la colère des relations. Mi-ok ! Crache ! Crache un glaviot sur ce monde pur ! Crache du sang ! Dans les yeux d'une personne jalouse, le monde paraît pur. Non, il doit être pur. Si le monde n'est pas pur, écoute bien, d'accord ? Premièrement, le jaloux se retrouve sans raison de jalouser le monde ; deuxièmement, il devient une personne qui n'est plus jalouse ; troisièmement, le plus important, car, si les jaloux disparaissent, alors le monde ne pourra plus paraître pur. Le monde que je jalouse ne peut donc qu'être pur…

Je n'ai pas le loisir de ruminer mes divagations que, de nouveau, « Écoute bien, d'accord ? », je passe au prochain rêve.

— Cette fois, je deviens un génie… Un génie qui a vécu lors de la colonisation japonaise et qui a dit : « Poètes ! crachez ! Faisons un pas en avant. » Ensuite, tout poète ne peut être qu'acteur pour réaliser cette prophétie, ou bien un enfant sautillant autour, ou une personne atteinte de troubles mentaux qui ne se souvient de rien. Ma vie de génie est d'endurer cette solitude psychique qu'est l'obligation de devoir vivre dans ce monde dénué de génies. Je deviens le voyageur qui ne trouve aucune contrée natale. Je peux me coucher dans une vaste plaine avec un rocher pour oreiller, et laisser pour testament le vers : « Poètes ! Crachez et faites un pas en avant ! »

Sans trêve ni repos, j'enchaîne avec un « Écoute bien, d'accord ? ». Femme d'antan, personne jalouse, génie. Je change mon nom Son Mi-ok en un nom commun.

Pour l'identification réciproque, il faut une relation spéciale : la main de ma mère et moi. Les lèvres de Hae-su qui touchaient mes joues. Le bras de Jong-tae sur mon épaule. Mon identification unilatérale n'avait ni relation ni motif pour prémices. C'est une identification qui tire à l'aveuglette, dans le vide, comme un tirailleur fou.

En disant « Écoute bien, d'accord ? », je fantasme mon existence. En disant « Je deviens… », je nomme mon existence transformée. Les jours couverts, je deviens un nuage, quand la pluie cesse, je deviens un arc-en-ciel, la nuit, je deviens les ténèbres, au lever du jour, je deviens l'aurore, si je suis enfermée, je deviens une prisonnière, si je m'évade, je deviens une évadée, sur la table, je deviens la nourriture, saoule, je deviens une poivrote, devant un miroir, je deviens Narcisse, quand on plante un clou, je deviens douleur…

Mon désir est la recherche d'une reproduction infinie, d'une rencontre hasardeuse et touchante avec le monde. Je suis mon rêve, mon passé, mon présent, je compte devenir toutes les choses. Au milieu de tout cela, ce qui disparaît sans laisser de traces, c'est mon propre moi unique.

À l'aube où la porte en verre dépoli s'éclaire d'une lueur blanchâtre, la chambre humide n'est pleine que de noms écrasés.

UN LIVRE INACHEVÉ

Au lieu de faire des cartons, mes mains tiennent une édition très ancienne des *Mille et Une Nuits*. De la porte d'entrée, j'entends la voix familière d'une femme qui perce le brouhaha de la rue.

Il m'est arrivé d'être désespérée de vivre dans cette chambre humide, avec des insectes. Peu après mon emménagement, le bas du papier peint commençait à suinter, sans aucun moyen d'arranger cela. Je restais simplement couchée dans mon nid humide.

Un jour, j'étais assise, esseulée dans cette sombre chambre, le rideau à fleurs fermé. J'étais incapable du moindre mouvement, comme une bûche ayant absorbé un trop-plein d'humidité. Plus le temps passait, plus se propageait dans mon sang le désir moite de peu à peu m'imbiber ainsi. Quelqu'un est entré dans la chambre sans faire attention à moi, rêvais-je, m'a sortie dehors avec les meubles avant de nous briser un à un ; ainsi mise en pièces, j'ai séché sous les rayons du soleil, de la moelle aux articulations, et mon corps, qui était couvert de moisissures jusque dans toutes ses jointures, séchait tant qu'il se craquelait et se gondolait. C'est à ce moment-là que la voix de la femme avait résonné comme un salut.

Gâteaux de riz gluant, gâteaux de riz au miel, gâteaux de riz aux haricots rouges... Gâteaux de riz à l'armoise, gâteaux de riz aux haricots rouges, gâteaux de riz cuit à la vapeur...

J'ai tendu l'oreille. Mon palais était chatouillé, ma salive ruisselait. Un souvenir m'a traversé. Un souvenir semblable à la flèche qui transperce l'oiseau. Comme une chair douce et chaude perforée par une baguette dure et tranchante, ma vie d'étudiante en année de césure a été traversée de la douloureuse flèche du souvenir.

J'étais assise seule dans un coin du sombre restaurant universitaire. Dès que Jong-tae et moi nous étions séparés à l'arrêt de bus de la gare de Yeongdeungpo, je m'étais rendue à l'université pour déposer une demande de césure, puis j'étais restée assise à la cantine durant deux heures. Les étudiants affluaient. J'observais leurs bouches qui se pourléchaient, mâchaient, engloutissaient un bouillon chaud, voire brûlant, mâchonnaient du riz, s'ouvraient entourées de barbe pour introduire les mets d'accompagnements, rotaient avec un sentiment de satiété, fumaient une cigarette, buvaient de l'eau, une boisson ou un café, hoquetaient à cause d'une digestion laborieuse...

Je les observais comme si toutes ces personnes n'étaient réduites qu'à ce trou qu'est la bouche. La salive remontait doucement vers ma langue, chatouillait mon palais et s'était arrêtée juste à l'entrée de la gorge. J'ai fait un bruit de déglutition. À cet instant, moi aussi, j'étais simplement réduite à une bouche qui avale sa salive. Bien assise dans mon coin, je l'avalais plus d'un millier de fois jusqu'à ce qu'ils partent. Puis le tumulte de la cantine s'était apaisé, de même que mon appétit.

Derrière les grandes vitres qui entouraient le restaurant, des étudiants discutaient tout en rentrant chez eux, au cœur de la silencieuse nuit d'automne qui prenait place. J'avais alors souhaité de tout mon cœur disparaître sans que personne le sache. Cette nuit d'automne a commencé ma césure. Je suis revenue à la maison que mon père gardait toute la journée.

J'ai toujours *Les Mille et Une Nuits* en main. Le mégaphone de la femme qui vend des gâteaux de riz et du poisson saumuré résonne. L'intonation est si régulière qu'il est facile de l'imiter, alors je lui emboîte le pas :

— Salaison d'œuf de merlan, salaison de boyaux de merlan, calamar... crevettes saumurées, coquillages saumurés, petits poulpes...

Plus que trois jours avant le déménagement. Lasse de faim et de fatigue, je serre *Les Mille et Une Nuits* et retourne me coucher dans mon nid. Mon esprit confus s'embrouille, quelque part au fond de ma poitrine coule doucement un liquide jaune et blanc. La poudre des idées confuses qui tourbillonnaient dans le vase de mon esprit m'envahit et, pas après pas, je m'enfonce dans le banc de sable fin du sommeil. Je rêve d'une fleur. D'une azalée précoce... Une seule azalée...

Ma mère et ma sœur affichaient toujours une expression triste le dernier jour de congé de mon père. Mais le visage le plus peiné était celui de mon père. Au fur et mesure que le retour en mer s'approchait, il perdait l'appétit et devenait moins bavard. Avant qu'il ne parte, j'étais sortie à l'air frais, j'avais vu trois ou quatre azalées roses précoces pour la saison. Afin de les lui montrer, j'ai voulu les déraciner, mais elles étaient beaucoup plus difficiles à extirper que prévu. J'ai creusé la terre avec mes mains. Mes ongles se sont cassés et il ne restait plus qu'une azalée intacte. Je suis rentrée dans la maison lorsque ma tante cadette, mains posées sur hanches et les jambes écartées, m'a lancé :

— Ton père est déjà parti ! Mais où est-ce que tu as bien pu traîner pour revenir maintenant ? Prépare-toi à te faire remonter les bretelles quand ta mère reviendra !

J'ai jeté l'azalée dans la cour. Foutues azalées... foutus ongles cassés...

Dans ma chambre, le nid frissonne. Un air froid pénètre comme le vent d'hiver s'infiltre par la fente d'une porte. Foutues azalées, foutu triste printemps...

Résonne le bruit des fissures du temps, pourtant aussi solide qu'une brique.

*

Je me suis réveillée au son de la radio que mon père avait allumée. C'était le journal de midi. J'entendais vaguement la voix mielleuse d'un homme.

Aujourd'hui, c'est donc la radio AM.

Il arrivait que cela soit la radio FM qui me réveille, ou des vieilles chansons sur un ancien magnétophone. J'ai regardé l'horloge accrochée au mur. 12 h 04. Pour moi, c'était l'heure du petit-déjeuner, pour mon père, l'heure du déjeuner. J'ai refermé les yeux. Rien que l'idée de devoir manger quelque chose me rendait nauséeuse. Je me suis souvenue du panier-repas que me préparait ma belle-tante : j'avais beau m'échiner à le manger pendant que les autres enfants s'amusaient, il ne diminuait pas et ne faisait que me donner encore plus la nausée. Après avoir pris ma césure universitaire, je me suis malgré moi retrouvée à rester à la maison, comme pour expier ma faute d'avoir négligé les affaires familiales durant tout ce temps où je traînais autre part. Mon père et moi étions presque tous les jours les seuls à la maison. Les membres de la famille maternelle qui nous avaient assiégés à l'époque étaient partis les uns après les autres. La première à faire sécession avait été ma tante benjamine.

— Il n'y aurait pas un homme divorcé pour elle ?

Peu de temps après la déclaration de ma tante cadette, ma tante benjamine qui, en tant que vieille fille, avait atteint l'âge fatidique de trente ans, s'est mariée avec un homme de trente-six ans, même pas divorcé, qui répondait suffisamment aux conditions d'un bon parti. Ensuite, ça avait été le tour de ma grand-mère et de ma belle-tante de partir.

— *Aïgo*, c'est ton petit frère et pourtant, il est si irresponsable, un vrai gamin, non seulement il a dilapidé toute la fortune familiale, mais il a dévoré les fruits du labeur de ton mari. Toutes vos_économies ont été gaspillées à cause de lui, alors que ton mari s'est tué à la tâche, sans trêve ni repos. Mon Dieu…

Mon oncle, que ma mère blâmait constamment à voix basse lorsqu'elle faisait les comptes à l'abri des oreilles de ma grand-mère, s'était finalement retrouvé libre de ses dettes. Cette liberté n'avait pas été acquise par le remboursement intégral de la dette, mais à la faveur de l'échéance de la prescription de l'action publique. Et, grâce à la grande virtuosité de ma grand-mère pour chanter ses louanges, il avait même trouvé un travail malgré ses antécédents.

Celle qui, jusqu'à la fin, a profité du dur labeur de mon père a été ma tante cadette. Juste avant que mon père ne perde son emploi, elle s'est réconciliée avec son mari d'une manière théâtrale. Elle a d'abord reçu la promesse écrite qu'il n'irait plus voir ailleurs. Mais c'est la précarité qu'elle avait endurée sans mari qui était la raison principale de son pardon. Les membres de la famille qui ont vécu à nos crochets ont finalement chacune retrouvé leur fils, leur mari, leur père. De même que ma mère a retrouvé son mari, ma sœur et moi avons retrouvé notre père.

Après la perte de l'emploi de son mari, ma mère est devenue une bouddhiste fervente, se rendant presque tout le temps à ce monastère qui avait complètement guéri mon hémangiome ; ma sœur vivait seule et gérait une petite boutique d'accessoires de mode après le fin d'un mariage qui avait duré deux ans. La maison était toujours vide. À cette époque où la honte nous empêchait de sortir faire face au monde, mon père et moi survivions grâce à l'alcool et à une vie recluse. Cet hiver-là, notre repas quotidien était généralement des nouilles instantanées et du *soju*.

J'ai ouvert la porte de la chambre et je me suis dirigée dans le salon. L'amère fumée de cigarette de mon père était dense. La voix claire et distincte du présentateur résonnait. Il maîtrisait une intonation affûtée. Je me suis inutilement demandé si entendre ce genre d'homme doté d'une telle voix parler sous le coup de l'ivresse serait écœurant ou pas.

— Père, je prépare les nouilles ?

Mon père a sursauté.

— Je t'en prie.

C'était l'heure où débutaient les sinistres tourments de son for intérieur. J'ai rempli d'eau deux casseroles pour cuire les nouilles. Chacun de nous appréciait une cuisson différente. Mon père était de ceux qui mettent de l'eau en grande quantité, moi, de ceux qui en mettent en quantité raisonnable. Il cassait en quatre la portion de nouilles, moi je la plongeais entière. Il mangeait à la cuillère ses nouilles bien cuites et gonflées, moi je préférais les déguster légèrement fermes avec les baguettes. Impossible de nous accorder.

La voix du présentateur s'est brusquement éteinte. J'ai entendu l'index de mon père qui pressait légèrement le bouton de la radio. Il s'est approché. L'odeur de cigarette et de transpiration que dégage un corps non lavé arrivait en étendant ses tentacules. J'ai déposé les deux casseroles sur la gazinière. Puis j'ai ressenti un symptôme inhabituel. Je me suis dépêchée d'enlever mes mains de la poignée des casseroles et d'enfoncer ma tête dans la poubelle. Des nausées bruyantes ont raclé le fond de mon estomac vide. Ma salive coulait à flots, les haut-le-cœur me submergeaient.

— C'est pas normal.

Mon père m'a tendu un rouleau de papier avec une grande précaution, à l'instar d'un homme préoccupé par son épouse enceinte.

— Mi-ok ! Ça te dit, un verre de *soju* ?

C'est à ce moment-là que j'ai remarqué mon père. Ses yeux scintillaient d'une curieuse lueur. Je me suis demandé si les miens aussi luisaient du même feu, moi qui étais son portrait craché.

— Ta maman a dit qu'elle rentrera tard ce soir, donc si tu le souhaites, buvons un coup.

Le matin, ce n'était pas à mon père que ma mère s'adressait, mais à moi, toujours endormie.

— Mi-ok ! J'y vais. Je reviendrai un peu tard du monastère. Il n'y a rien à manger, cuisine un plat ou mange des nouilles instantanées, bref, débrouille-toi.

Aujourd'hui encore, ma mère devait être au monastère en train de pleurer et de prier quelque chose. Ses larmes couleraient certainement sur sa joue droite, intacte, et sur sa joue gauche couverte d'un bleu à la suite de la récente dispute violente qu'elle avait eue avec mon père. Par souci d'équité et de commodité, je ne prenais ni le parti de l'agresseur ni celui de la victime.

— Est-ce que tu as de l'argent ?

Il a sorti un billet de cinq mille wons de sa poche. Le billet était froissé et pendouillait comme sa peau, pareille à un ravin après une guerre interminable.

— Tu en as besoin pour tes cigarettes, non ?

— J'ai de quoi payer. C'est ce que j'ai économisé quand je suis descendu en province.

Sous la pression de ma mère, mon père se rendait tous les trois ou quatre mois dans une ville portuaire pour trouver du travail, mais il revenait sans succès. Son budget de voyage était certainement très serré, mais il se débrouillait pour économiser quelques sous dont il se servait comme argent de poche.

Tandis qu'il était parti à la supérette pour acheter le *soju*, j'ai ouvert les sachets de nouilles, baissé le feu et ai fait bouillir l'eau des deux casseroles. Dès lors, ça a été à mon tour de me tourmenter. Était-ce raisonnable de boire du *soju* dès le réveil ? De vivre ainsi ? De passer ses journées entre l'ivresse et la rancœur ?

Tolstoï appelait « l'élan de l'émotion » l'attitude de soumission et de dévouement envers le supérieur. Tout le monde traverse une passe remplie par cet élan de l'émotion. Être assailli par une profonde émotion est probablement la combinaison d'un égoïsme noble et d'un altruisme aveugle. Ceux qui ont cet élan de l'émotion ne peuvent pas devenir vils.

La porte d'entrée s'est ouverte, mon père s'est introduit à grands pas et a posé un sac en plastique sur la table. Le parfum du vent d'hiver se mélangeait à son odeur âcre. Je fouillais le sachet où devaient se trouver deux bouteilles de soju quand j'ai demandé :

— Qu'est-ce que c'est ?

Mon père a enlevé sa veste puis est accouru.

— Haha, ça ! J'ai acheté quelques huîtres, ils en vendaient à la supérette. C'est excellent avec les nouilles instantanées. La vendeuse ne les vendait pas à moins de deux mille wons, mais j'ai pu avoir un rabais à force de l'enquiquiner.

— Tu as bien fait, je vais ajouter de l'eau alors.

J'ai versé la moitié d'un bol à riz d'eau dans les deux casseroles. Mon père a rincé les huîtres dans une passoire pendant que j'ai mis le couvert, les pots de kimchi et les verres de soju sur la table. Lorsque l'eau a commencé à bouillir, mon père et moi avons préparé chacun nos nouilles respectives, côte à côte devant la gazinière. Les émanations de mon père étaient couvertes par la forte odeur de la soupe des nouilles.

— Est-ce qu'on met un œuf ?

— Allons-y.

J'ai sorti deux œufs du réfrigérateur. Mon père s'apprêtait à mettre beaucoup d'huîtres dans ma casserole, mais j'ai agité mes mains.

— Père ! J'en veux juste un peu. Juste trois, s'il te plaît.

— Trois ? Pourquoi seulement trois ? Plus y'en a, meilleur c'est.

— Je déteste quand y'en a trop !

Mon agacement était tout à fait gratuit. À contrecœur, il a ajouté trois grosses huîtres dans ma casserole. De peur qu'il en mette encore, je me suis dépêchée de refermer le couvercle. Ma casserole a été la première sur la table. Mon père a ouvert les deux bouteilles de *soju* et en a déposé une de son côté et une du mien. Nous avions une façon différente de le boire. Mon père se resservait dès que son verre était à moitié rempli, tandis que moi je remplissais le mien seulement complètement vide. Mon père buvait vite, moi, lentement. Lui et moi nous occupions chacun de notre bouteille et nous servions à notre aise.

Ma rancœur pour mon père, qui culpabilisait de mon sort de fille ivrogne à la maison, s'est dissipée à la première gorgée de l'alcool, tout comme mon envie de vomir. Mon père m'observait déguster mes nouilles, tout en mangeant du kimchi. Je me montrais exagérément affectueuse :

— Le goût de la soupe est beaucoup plus profond avec les huîtres, père.

— Bien entendu ! C'est tout comme un ragoût, un ragoût de nouilles instantanées.

Il a planté sa cuillère dans ses nouilles qui ressemblaient à de la nourriture pour cochon.

— Oh, je vois.

Nous avions peu de terrain d'entente. Tout comme nous avions nos nouilles et notre *soju* séparés, mon père et moi soliloquions chacun de notre côté. Mon père épanchait à voix haute sa rancœur, moi, je ne cessais de baragouiner mes propres pensées.

Alors que je buvais, souvent en pleine journée, je me lamentais de ne pouvoir aimer purement les autres, de ne pouvoir m'engager pour une grande cause sans montrer la moindre hésitation. Je désirais posséder la passion, l'ardente vigueur et l'énergie qui me manquaient. Quand bien même mon esprit le niait, mon corps m'avait façonnée comme une conservatrice. Toute comme ma tante cadette qui avait rejeté sur sa fille Min-jeong tout le poids de ses malheurs causés par le rejet de son mari, j'attribuais la ruine de mes convictions à ma faible constitution. Mon cou, que je pensais en attente ou la recherche de quelque chose, n'était bon qu'à s'allonger sans vigueur, mon épaule ne pouvait même pas envoyer une pierre comme il le fallait, mon cœur s'arrêtait trop vite, et mon bas-ventre se tordait quand retentissaient les détonations dans la rue. En prenant pour bouclier ma faible constitution due à une consommation excessive d'aubergines (via ma mère), je tentais d'éviter le fouet des douloureux remords. « Je reconnais ma faute, mais c'est parce que je n'ai pas de chance » : cette culpabilité emphatique et *Les Mille et Une Nuits* m'ont aidée à supporter mon année de césure.

Alors que ma bouteille de *soju* était à moitié vide et celle de mon père presque finie, il lui arrivait de pousser un cri :

— Moi !

Lorsque, surprise, je redressais la tête, mon père levait le menton vers le plafond tout comme lorsque ma mère récitait le long poème et il criait : « Agnès, je t'aime ! » Mon père remplaçait le « je » par son nom.

— Son Jae-u !

Ce n'était qu'alors que je tournais de nouveau la tête et sombrais dans mes vaines pensées, connaissant exactement la réplique qui viendrait :

— Je ne suis pas encore mort !

Il lui suffisait de boire pour crier cette réplique qu'il affectionnait : « Moi, Son Jae-u, je ne suis pas encore mort ! » Les fois où, bien grisé, il était dépassé par la fougue de l'inspiration poétique, comme s'il s'harmonisait parfaitement aux syllabes de l'appel de « Agnès », il regroupait mère et filles en criant : « Garces ! » avant de continuer d'un ton désespéré : « Moi, Son Jae-u, je ne suis pas encore mort ! » Quand il criait son « Moi ! », je me souvenais que, lorsque enfant j'étais sous le charme du prénom Agnès, je m'entraînais à imiter le narrateur qui déclarait son amour avec ferveur : « Agnès ! Je t'ai..., *do-mi-sol, do-do-do...* »

Dès que j'empoignais fermement ma bouteille de *soju* pour faire comprendre à mon père, qui avait déjà fini la sienne, que je ne lui concéderais pas un seul verre, il renonçait aussitôt et retournait dans son nid, le vieux sofa. Couché, il balançait ses bras et agitait ses jambes tout en chantant. Mon père sortait un charabia puis se mettait tout d'un coup à hurler si fort que l'appartement semblait trembler :

— Portez-vous bien ! Mont Yudal ! Demoiselles de Mokpo ! Agitez au moins vos mouchoirs !

Ensuite commençait son impressionnante chanson du mont Yudal. Il chantait remarquablement bien. Sa voix était si forte, elle écrasait mes pensées. Las de chanter, il allumait alors la radio AM ou la FM ou le vieux magnétophone, puis s'endormait.

Je restais assise à finir lentement ma bouteille jusqu'à une heure avancée, puis je débarrassais et rangeais la vaisselle. Une fois dans ma chambre, je me mettais sous la couverture et j'écrivais mon journal. De la même manière que, petite, une semaine après avoir appris à écrire à l'école, je devais rédiger une fois par semaine une lettre de courtoisie pour mon père, le journal que j'écrivais était tout aussi monotone. Je griffonnais que les appels avaient cessé, que les collègues avec qui j'avais travaillé ne m'appelaient plus, et, d'un ton larmoyant, que je méritais cent fois un tel traitement. Au début, mon père répondait aux appels qui m'étaient destinés.

— Mi-ok n'est pas là pour l'instant, c'est de la part de qui ?

Il n'avait maintenant plus à répondre ainsi. « Jong-tae et Su-jin m'ont bel et bien complètement oubliée. Sans futur ni espoir, je devrai vivre pour toujours misérablement avec mon père. Mais j'accepte humblement ce sort », écrivais-je avec mélancolie. Puis, après avoir vomi le ragoût de nouilles instantanées et la bouteille de *soju* dans la poubelle placée dans un coin de la chambre, je m'endormais comme une morte. Réveillée en pleine nuit, je lisais *Les Mille et Une Nuits* jusqu'au petit matin. C'était des jours lugubres. Des heures défigurées par l'ennui.

*

Lorsque je soulève la couverture usée et écornée des *Mille et Une Nuits*, cela commence ainsi. Pendant que le roi Shâhriyâr est parti à la chasse, la reine et vingt servantes se dirigent vers la rive d'un lac. Les vingt servantes se déshabillent, mais dix d'entre elles sont en fait des hommes blancs esclaves, ils se mettent par deux et font l'amour. La reine, exclue de ces accouplements, s'avance et, en regardant le haut d'un arbre luxuriant, elle crie :

— Oh, mon cher Ma'sûd ! Descendez vite.

Alors, un hideux esclave noir descend de l'arbre, il taquine la reine avant d'insérer ses jambes entre les siennes, à la manière d'un bouton dans une boutonnière, et ils font l'amour. La lecture de cette amorce surprenante n'était pas seulement l'expérience d'une représentation visuelle, car à travers le « Oh, mon cher Ma'sûd ! Descendez vite » lancé par la voix de la reine, j'en avais aussi une représentation auditive. À 21 ans, j'ai été envoûtée par ces images curieuses et excitantes, et chaque soir, livre en main, j'expirais profondément.

Ces vives représentations se répètent de nouveau. Le roi Shâhriyâr quitte le palais avec son petit frère à la recherche d'un malheur comparable aux leurs. Quand ils arrivent sur une île, un immense et horrible démon surgit de la mer, il porte un coffre de cristal qu'il ouvre à l'aide de plusieurs clés puis réveille une magnifique femme à l'intérieur. Celle-ci, profitant de la sieste du démon qui avait la tête posée sur ses genoux, appelle le roi Shâhriyâr et son petit frère.

— Si vous ne vous dépêchez pas de descendre, je réveillerai le démon ! Descendez vite et satisfaites-moi comme des hommes.

La femme révèle avoir couché avec très précisément cinq cent soixante-dix-sept hommes et leur montre en guise de preuve les anneaux qu'elle a reçus de ses conquêtes passées.

La supplique de la reine « Oh, mon cher Ma'sûd ! Descendez vite » durant l'absence du roi et la requête « Descendez vite et satisfaites-moi comme des hommes » de la femme du coffre aux cinq cent soixante-dix-sept conquêtes exaltaient le désir sexuel en moi.

Les voix de ces deux femmes qui ouvrent les *Mille et Une Nuits* montrent l'immense étendue du désir féminin. Qu'importe la forme, j'ai compris que, à partir du moment où une femme lance ce genre de paroles à son amant, il est déjà possible d'en éprouver un plaisir sexuel. Même dans la masturbation, la satisfaction augmente quand l'on imagine un terrible partenaire dans ses fantasmes. Le complexe d'Œdipe est le cas le plus universel. Une soif qui s'intensifie d'autant plus qu'elle est interdite.

Mais est-ce vraiment juste cela, le cœur des *Mille et Une Nuits* ? La thématique banale de l'impossibilité de restreindre les désirs humains, en particulier l'infinité du désir charnel ? N'était-ce qu'à travers ces représentations curieuses et excitantes que j'avais pu supporter ma période de césure ? Non. Il y avait autre chose.

Car le récit continue. Ah, que faire dorénavant ! Comment, par quel moyen, est-il possible de restreindre ces insolents besoins des femmes ? Il est absolument impossible de les entraver ! C'est de ce désespoir que naît la vengeance des frères Shâhriyâr et Shâh Zamân. Un acte contre la civilisation, qui doit mener à la disparition de l'humanité. Or, *Les Mille et Une Nuits* montrent que le procédé pour échapper à cette destruction est celui de guérir par le récit, la parole, le discours, afin de réintroduire dans la civilisation les personnes blessées par la vie. Cette théorie est incroyablement ambitieuse. Le livre n'évoque pas seulement la sexualité, mais aussi l'art.

Je voulais guérir par les récits moi aussi. Chaque nuit, je trouvais le réconfort dans la civilisation fictive des *Mille et Une Nuits*.

Les récits ont-ils vraiment guéri le roi Shâhriyâr ? M'ont-ils guérie ? Je peux maintenant répondre que non. Les histoires sont les fleurs de lotus qui font tout oublier du passé des hommes. Shahrâzâd charme le roi par l'enchaînement de parenthèses infinies tout en invitant ce dernier à écouter des histoires longues et complexes au point d'égarer son esprit avec ses délicieux « Écoutez ceci » ou « Écoutez cela ». Les récits sont un dispositif qui guérit temporairement le malheur des hommes. On prend du recul en superposant son malheur à ceux racontés. Mesurer, comparer, juger son malheur à l'aune de celui des affaires humaines, c'est le résoudre de manière civilisée.

Tout cela n'est en vérité qu'un dialogue entre poésie et roman, représentation et narration, déviance et guérison, folie et civilisation. Malheureusement, à 21 ans, je n'étais qu'engloutie dans un piètre oubli, par l'alcool bu en pleine journée. Obnubilée par mes piètres fantasmes.

*

Durant mon enfance, mon père était le sujet principal de mes rêveries. Comme le montrent les photos de sa jeunesse, c'était un jeune homme beau, qui avait pris très tôt le large et avait gagné beaucoup d'argent, vite dilapidé pour profiter pleinement de la vie. Il avait un grand talent pour le chant, dansait très bien, il aimait le tabac, l'alcool et le majong… Comme l'homme qui avait échangé sa vache contre la marmite, il avait décidé de se marier avec une foi imprudente, et en avait payé le prix fort lorsqu'il s'était retrouvé à devoir subvenir aux besoins de sa grande belle-famille.

Le jour où il a perdu son travail, j'ai cessé de rêver de lui. Comme il était rabaissé au rang de chômeur, ma mère et ma sœur n'ont plus montré une once de respect envers lui. En particulier ma mère, veillant à ce que sa famille ne croise pas la route de son mari qui vieillissait à vue d'œil.

Ma tante cadette, dont la situation s'était améliorée, a annoncé déménager en province dans un grand et nouvel immeuble récemment construit ; le jour de la fête d'adieu, ma mère a exigé de mon père qu'il ne participe pas, lui qui avait pourtant joué un grand rôle dans cette bonne nouvelle, elle lui a même donné de l'argent pour le chasser de la maison. Mon père a pris l'argent et a quitté la maison. Dès son départ, ma grand-mère et ma belle-tante sont brusquement arrivées, comme si elles n'avaient attendu que ça. Ma grand-mère et ma mère se sont dépêchées de préparer les plats, tout en critiquant les gens qui convoitaient la « chair d'autrui », autrement dit la viande.

— On dit que les personnes qui aiment la viande attrapent à coup sûr des maladies.

— Oui, la viande est agréable en bouche, mais sa digestion, c'est une autre histoire.

— Et l'ail aussi, on raconte que c'est un poison pour ceux qui ont des problèmes de cœur. Ça peut couper la circulation sanguine.

— Ciel, l'ail est aussi mauvais que ça !

Ma mère et ma grand-mère faisaient attention à ce qu'elles mangeaient. Elles s'abstenaient, bien entendu, de viande et de fruits de mer, et évitaient de manger les « cinq plantes aromatiques » proscrites par le bouddhisme, puisque très odorantes et irritantes, comme l'ail ou le poireau. Derrière ces paroles se cachait une critique de mon père qui appréciait tous ces mets.

Ma belle-tante faisait la moue devant la bonne entente entre ma grand-mère et ma mère. Elle avait changé, et n'était plus la femme qui tremblait de peur devant ma grand-mère. Comme pour se venger de ces jours où elle avait dû faire profil bas, vivant comme une veuve alors que mon oncle était en fuite à cause de ses dettes, elle s'adonnait désormais à de franches critiques.

Flétrie et titubante, ma grand-mère approchait déjà des soixante-dix ans. Sa corpulence autrefois imposante s'était amincie, et même ses belles et grandes oreilles avaient fini par subir l'érosion du temps, il ne lui restait plus que deux lobes concaves.

La famille de ma tante cadette a rejoint la fête. L'arrivée de ma tante n'avait plus rien de son entrée pitoyable dix ans auparavant avec ses cheveux ébouriffés et Min-jeong qui ouvrait la marche. Sa famille était magnifiquement habillée et prenait des airs de nouveaux riches. Mon oncle avait lancé une affaire et amassé beaucoup d'argent grâce aux loyers des quelques boutiques qu'il possédait. Ne pouvant se résoudre à faire entièrement confiance à ce mari infidèle, ma tante avait fait des placements financiers et acheté un terrain en toute discrétion.

— Le père de Min-jeong ne peut pas venir à cause d'un empêchement.

Ma grand-mère a ressenti une légère déception en apprenant que son gendre serait absent. Auparavant elle aurait détesté ne serait-ce que voir son visage, mais, à l'inverse de son premier gendre, mon père, en qui elle avait cru, désormais chômeur et qui ne faisait que tourmenter sa fille aînée avec ses excès d'alcool, le mari de sa cadette lui donnait de l'argent et l'emmenait voir de beaux paysages.

— L'argent, ça change tout, n'est-ce pas ? Regardez la sérénité qui se dégage de son visage.

La belle-tante avait soufflé cela perfidement à ma mère. Cette dernière n'avait rien dit, mais il était évident qu'elle s'inquiétait de ce que sa mère lui préfère sa fille cadette.

— Oh, on avait dit qu'on mangerait un simple repas, pourquoi vous vous êtes embêtées à préparer tout ça ?

Ma tante cadette était entrée dans la cuisine avec un air satisfait, mais après avoir fait le tour des plats disposés en rang, elle paraissait toute dépitée.

— Il n'y a aucun plat de viande, comme elles sont végétariennes, s'était empressée de moucharder ma belle-tante, bien contente de trouver une alliée.

— Ce n'est pas bon de manger beaucoup de viande.

Ma mère avait parlé d'un ton grave et assuré, comme pour faire ressurgir sa prestance d'antan.

— Il suffit de se dire qu'on est venus manger un repas de moine bouddhiste. Heureusement que le père de Min-jeong n'est pas venu. Il raffole de la viande, alors imaginez. Nous, notre famille, on vous comprend, mais quand même… Min-jeong déteste les légumes, on ne peut pas lui préparer autre chose ? Il n'y a pas de bacon ?

D'une même voix, ma grand-mère et ma mère n'ont pas manqué l'occasion de faire remarquer que Min-jeong était obèse justement parce qu'elle aimait trop la viande. En grandissant, Min-jeong s'était mise à ressembler à son père, large et grassouillet. Ma mère est même allée jusqu'à proposer de mesurer la cuisse de Min-jeong qui serait, d'après elle, plus large que mes hanches.

— Min-jeong serait obèse ? Non, c'est Mi-ok qui est toute maigrelette. À mon avis, Min-jeong est très bien comme ça. Et, quoi qu'on en dise, je n'ai qu'une fille et je veux bien la nourrir. Elle n'a pas pu manger à sa faim quand elle était petite, et je devrais la priver maintenant ? C'est si grave qu'elle soit un peu rondelette ? Elle mincira en temps voulu.

Ma tante cadette se comportait comme à l'époque où elle se saisissait discrètement de deux feuilles d'algues de la table des adultes en faisant mine de n'en prendre qu'une, et les jetait à la hâte dans le bol de riz de Min-jeong.

Quand cette dernière a prétexté chercher des bandes dessinées, ma tante benjamine a rejoint la fête. Ma tante cadette se tenait dans le vestibule, donnant discrètement de l'argent à Min-jeong pour acheter du jambon ou du bacon, et dès qu'elle a vu sa petite sœur, elle s'est écriée :

— *Aïgo*, Yeong-ae ! Tu as grossi non ?

Ma tante cadette, qui, elle, avait maigri grâce à la natation et l'aérobic, semblait ne pas tolérer l'obésité de sa sœur, qu'elle acceptait pourtant chez sa fille. C'était vrai, ma tante autrefois mince comme un roseau avait grossi. Ses yeux ronds comme des trous de canne qui luisaient auparavant étaient réduits à la taille d'une pièce de monnaie, presque disparus sous les plis de sa peau, comme un puits en ruine bouché par la terre et les herbes sauvages. Si elle prenait plus de poids, ses petits trous aussi pourraient être obstrués, il faudrait alors fouiller sa chair avec un doigt et lui faire une fente pour que ses yeux voient l'extérieur, comme lorsque l'on perce un trou dans les fenêtres de papier avec un doigt mouillé.

— Il n'y a pourtant pas d'antécédents dans notre famille, a commenté ma mère.

Ma tante benjamine a agité ses mains dodues pour signifier que tout l'embêtait et s'est effondrée d'un coup sur le plancher, car même rester debout lui paraissait difficile.

— S'il y a quelque chose à préparer, apportez-le-moi ici.

Ma tante cadette lui a tendu d'un geste leste un récipient en métal rempli de jeunes pousses de patate douce et s'est assise en face d'elle.

— Ce personnage est toujours le même ?

C'est ainsi qu'elle appelait le mari de sa petite sœur. Cette dernière se contenta de peler les patates douces sans un mot. Elle n'avait pas écouté les mises en garde de son aînée, qui l'avait prévenue qu'elle était folle de chez folle de se marier tardivement. Son mari se comportait encore plus mal que celui de sa sœur. Ma tante cadette avait ainsi comparé leurs deux malheurs :

— Moi, je me suis fait avoir car j'étais toujours enfermée chez moi sans savoir ce que ce salaud foutait dehors. Mais toi, pauvre conne, comment peux-tu supporter qu'il se tape la fille en face de chez vous ? C'est juste sous tes yeux, dans le même quartier ! Et moi, je suis allée régler mes comptes avec ce connard, mais toi, t'es qu'une peureuse, hein ? Quelle pauvre fille accepterait de se faire battre tous les jours ? En vieillissant, un type pareil s'améliorera un peu, mais quand bien même, au fond, un chien restera un chien.

Ma tante cadette avait fini par se réconcilier avec son mari, dont la situation s'était améliorée. Sa petite sœur restait muette à ses exhortations.

— Il a ses torts, certes, mais toi t'as vraiment perdu l'esprit. Tu vas te laisser faire ?

— Non, personne ne veut voir ça ! a lancé ma grand-mère.

— Mais, maman, elle aurait dû dès le début couper le mal à la racine. Il se comporte ainsi parce que Yeong-ae est trop molle. Il a toujours sa manie de te gifler ?

— Ça s'est amélioré, a-t-elle répondu tout en avançant son visage intact comme preuve.

— À traîner n'importe où, t'es sûre qu'il n'a pas un enfant caché ?

— Tu es folle ? Je ne pourrais pas le supporter.

Ma grand-mère, qui considérait la fertilité comme la plus grande des vertus, était désemparée par la stérilité de sa fille.

— C'est ce mariage trop tardif…

Le temps avait détruit l'ordre hiérarchique d'il y a dix ans pour en établir un nouveau. Ma mère n'était plus la juge stricte ni la pierre angulaire de la famille, responsable de toute la maisonnée. La relation entre ma grand-mère et sa belle-fille s'était inversée ; ma tante cadette qui se morfondait était revenue comme une pimpante femme spéculatrice. Ma tante benjamine irascible s'était complètement métamorphosée en une femme au cœur flétri et au corps énorme, désintéressée du monde. Mon père, autrefois entouré d'une aura éclatante, était devenu objet de répulsion, tandis que mon oncle, anciennement considéré comme l'ennemi de la famille, était désormais relevé au titre d'homme capable et généreux. Min-jeong avait cessé ses pleurnicheries, et était désormais pénétrée de l'attitude d'une fille de famille riche. Même lorsque sa voix perçante retentissait, ma grand-mère ne fronçait plus les sourcils, au contraire, elle la couvrait d'affection avec des « *Aïguna*, la petite sait se faire remarquer ».

Néanmoins, leur manière de s'affairer restait inchangée. Dès que les membres qui formaient le corps d'armée féminin se réunissaient, l'ambiance d'antan se ravivait. Dans la cuisine où ma grand-mère, ma mère et ma belle-tante s'activaient prestement, des choses étaient coupées, pétries, cuites, mélangées ; dans le salon, ma tante cadette et ma tante benjamine étaient occupées à préparer les épices, les légumes, et à éplucher le radis blanc. Auparavant désastreuse en cuisine, ma tante benjamine était désormais bonne cuisinière à cause de sa boulimie. Contrastant avec les bruits des conversations animées, la préparation silencieuse mais rapide des deux sœurs impressionnait, tant et si bien qu'elle rappelait les légendaires compétences de Mai et Juin, deux servantes de la famille de ma grand-mère dont elle n'arrêtait pas de faire l'éloge. J'observais la scène, captivée.

Ma sœur nous a rejointes au moment où le dîner était presque prêt. Elle s'était mariée à la hâte pour divorcer deux ans plus tard, ne pouvant plus supporter la vie atroce qu'elle menait dans sa belle-famille ; toutefois, grâce à l'argent de son divorce et à un emprunt, elle gérait maintenant une petite boutique d'accessoires de mode. Voir ses épaules voûtées me faisait mal au cœur.

— Tout le monde est déjà là !

Dès qu'elle est entrée, elle a demandé à ma mère :

— Père est sorti ?

— Je lui ai donné un peu d'argent pour qu'il sorte.

— Vous avez bien fait. Je comptais me dépêcher de venir, mais aujourd'hui, c'est le jour des retours de marchandise. Comme le monsieur est arrivé en retard…

— Pas grave. C'est comme ça quand on a une entreprise. Regarde.

— Qu'est-ce que c'est ? Toutes ces fleurs sont des ixeris ?

— Tu sais à quel point c'est précieux ? Une poignée comme ça coûte une fortune.

Ma mère avait parlé excessivement fort comme pour interpeller ma tante cadette et ma belle-tante qui fronçaient le nez devant ses plats végétariens. Elle mit ensuite un peu de sa salade de fleurs dans la bouche de sa fille.

— Mmm, quel délicieux goût amer !

Ma sœur s'est rendue dans le salon, s'est collée à ma tante cadette qui épluchait les légumes, puis a ouvert son sac. Elle a aligné les accessoires apportés de sa boutique.

— Mes tantes !

Ma tante benjamine ne s'est pas retournée. Ma tante cadette s'est vite essuyé les mains dans un torchon puis a commencé à tripoter les accessoires.

— Qu'est-ce que c'est, tout ça ?

— J'ai évidemment apporté les meilleurs articles de la boutique. Pourquoi ne pas essayer quelque chose d'un peu plus sexy ? Vous êtes encore jeunes, mais vous vous habillez déjà comme des vieilles dames. De nos jours, les femmes d'âge moyen sont beaucoup plus élégantes et chics que les jeunes femmes, vous savez ? Attendez, que pensez-vous de ça ? Ça va justement très bien avec le vêtement que vous portez, d'un style décontracté. Eh bien si vous y ajoutez un accessoire comme celui-là, c'est la cerise sur le gâteau, non ?

— Pourquoi tu viens avec des accessoires que portent les adolescentes ?

— Ah, vous n'y connaissez rien. J'ai spécialement sélectionné de la haute qualité en pensant à vous. Demandons à Min-jeong. Min-jeong !

— Elle est sortie acheter du bacon.

— Mi-ok, viens voir.

Ma tante essayait les boucles d'oreilles, les broches et les autres accessoires que ma sœur lui proposait, elle savait pourtant qu'elle n'avait dans son porte-monnaie que de quoi acheter un article pour Min-jeong et un pour elle-même. Ma sœur se disait que, tant qu'à faire, elle devait faire acheter un article très cher à notre riche tante. Dans la cuisine, ma mère et moi évitions de nous regarder en faisant semblant de travailler comme des fourmis, nous endurions la honte que nous procurait ma sœur qui se précipitait aussi vite que possible à chaque réunion familiale pour faire son commerce.

— Mi-seon a vraiment un talent. Regardez un peu comment elle négocie avec charme et douceur.

La belle-tante nous souriait, je n'arrivais pas à savoir si elle disait cela pour nous consoler, ou pour se moquer de nous.

— Vu que faut y mettre tout son cœur, si on veut commercer.

Là encore, à cause de la réaction ambiguë de ma grand-mère, je ne discernais pas si elle approuvait ou s'opposait à ce que venait de dire sa belle-fille.

— Avec un tel talent pour les affaires, sa boutique doit bien tourner. Dans un monde où l'argent fait l'homme, bien en gagner, c'est le plus important. N'est-ce pas, belle-sœur ?

Ma belle-tante sous-entendait qu'une femme qui gagnait beaucoup d'argent pouvait rattraper en partie sa honte d'être une femme divorcée. Mais nul n'ignorait que la boutique de ma sœur ne marchait pas vraiment bien, c'est pourquoi ses mots m'ont paru comme un grave persiflage.

— Il faut y mettre du sien, crois-tu que l'argent tombe du ciel ? a lancé d'un ton résigné ma grand-mère.

À peine avait-elle dit cela que ma mère, jusque-là silencieuse, a répliqué avec virulence :

— C'est vivant que l'argent compte ! Une fois mort, ça ne vaut plus rien, maman !

Ma grand-mère a eu un mouvement de recul, et ma belle-tante a ajouté :

— Se défaire de tout et tracer son chemin est la chose la plus importante. Il faut quitter la roue du karma, sinon à quoi bon l'opulence du monde terrestre ? Tout est vain. Seuls ceux qui ne connaissent pas la voie pour atteindre le vrai bonheur s'attachent à ces choses vaines.

— Tout à fait, belle-sœur, répondit ma belle-tante en riant.

Ses mots semblaient chargés d'ironie et de pitié. Sans m'en rendre compte, j'ai trop appuyé et j'ai fini par écraser les herbes pour la préparation de la gelée de glands. C'est à ce moment que le téléphone a résonné dans le salon. Je me suis précipitée comme une flèche pour y répondre.

— Est-ce bien la demeure du papy Son Jae-ho ?

Contre toute attente, une voix d'homme inconnue a retenti dans le combiné. Hormis le fait qu'il prononçait mal le nom de mon père, entendre « papy » m'a fait sortir de mes gonds. Quand j'ai annoncé qu'il était absent et demandé de quoi il s'agissait, l'homme a bafouillé quelque chose d'incompréhensible.

— Qu'avez-vous dit ? Où êtes-vous ?

— Dans un passage souterrain, a-t-il lâché.

Sa réponse était tellement étrange que j'ai répété : « Dans un passage souterrain, dites-vous ? » Il m'a expliqué que le papy Son Jae-ho, ivre, gisait dans les escaliers d'un passage souterrain. Il avait l'air d'avoir chuté et d'être gravement blessé, il fallait que quelqu'un de la famille vienne le chercher. J'ai vite adouci mon ton et lui ai demandé où était ce passage souterrain. Puis je l'ai remercié d'avoir appelé, et l'homme a répondu timidement : « Ce n'est rien », puis a raccroché.

— C'était qui ?

J'ai répondu à ma tante cadette que ce n'était rien, puis, tête baissée, je me suis dirigée vers la cuisine. Ma mère faisait sauter des légumes et des vermicelles dans une poêle creuse. Elle a continué un moment d'un air indifférent, comme si elle n'avait pas compris ce que je lui avais chuchoté. Poussées par la curiosité, la tante cadette et ma sœur ont accouru peu après dans la cuisine et m'ont demandé quel était le problème. Alors que j'expliquais la situation, ma mère a réagi pour la première fois.

— Laisse tomber !

— C'est grave. Il n'y a que des filles ici, qui peut aller le chercher ? s'inquiéta la tante cadette.

— Ne vous inquiétez pas ! S'il aime tant se bourrer la gueule comme ça, tant pis pour lui ! Puisque je vous dis de le laisser tomber ! Qu'il meure, s'il le faut ! a lancé ma mère tout en remuant brusquement la préparation de *japchae*.

— Qu'est-ce qu'il lui a pris ? a dit ma sœur en frappant sa poitrine au centre de l'anse creusée par ses deux longues épaules.

— On ne peut pas le laisser comme ça ! Quelqu'un doit aller le chercher. Si seulement le père Min-jeong était présent...

— Je vous ai dit de pas vous en occuper !

En observant tour à tour ma mère et ma tante, j'ai eu l'impression que ces deux femmes avaient échangé leur visage. Dix ans auparavant, le jour où j'avais été fouettée puis punie dans le grenier, ma mère, qui avait observé en secret la cour de la mamie d'à côté, avait été beaucoup plus clémente quant au vieux mari, qui selon elle ne méritait pas d'être lavé dans la cour à l'eau glacée. Ma tante cadette l'avait pourtant coupée en lui disant de ne pas parler de ce qu'elle ne savait pas, et avait affirmé que, dans son cas, elle ferait subir le même sort en cent fois pire à son mari. Ma mère déclarait désormais vouloir laisser mourir son mari, tandis que ma tante s'inquiétait pour lui. Dès que ma mère s'est enfermée froidement dans son mutisme, ma sœur s'est mise brutalement en colère.

— Vous m'en faites vraiment voir de toutes les couleurs !

Ma mère et ma sœur jouaient maintenant le rôle que tenaient ma tante et Min-jeong auparavant. Moi, j'étais debout, désœuvrée, comme un mauvais comédien qui ne reçoit aucun rôle.

*

Nous tenant fermement la main, ma sœur et moi sommes parties à la recherche de notre père. Nos mains étaient moites, mais ni ma sœur ni moi ne lâchions prise. Nous avons pris un taxi et nous sommes rendues dans le passage souterrain décrit par l'homme au téléphone, mais en vain, notre père était introuvable. Nous avons fouillé chaque recoin, y compris les toilettes. Une vendeuse nous a indiqué avoir aperçu un vieil homme allongé, mais elle ignorait où il avait pu partir. Nous avons appelé chez nous.

— Il n'est toujours pas rentré. On dirait qu'elles sont toutes en train de manger. Maman nous a dit d'arrêter nos conneries et de vite rentrer, a dit d'un ton sombre ma sœur juste après avoir raccroché.

Nous étions là, désemparées, à un arrêt de bus sombre et froid. Le vent glacial soufflait à mesure que la nuit tombait. J'avais froid et le vent fouettait mon front perlant de sueur. L'injonction de notre mère de vite rentrer pour le dîner était tentante. Abandonner la recherche de notre père et retourner à la maison semblaient être notre seule échappatoire, comme si toutes les routes menaient chez nous. Ma sœur a fait signe à un taxi. Nous ne nous tenions plus les mains.

C'est alors que nous avons découvert notre père en face de nous, au pied d'un immeuble. Il prenait un teint blême plutôt que rubicond quand il buvait trop, et comme il n'avait pas vu le soleil depuis longtemps, la pâleur qu'il affichait était indescriptible. De longs cheveux blancs, ni coupés ni teints, tombaient sur son visage aussi blanc que celui d'un fantôme, marqué par des contusions rouges, du sang coagulé sur ses joues et des blessures distinctes sur son menton. Son blouson et son pantalon étaient tachés de sang et incroyablement sales. Il semblait avoir erré longtemps, incapable de trouver notre maison. Lorsque ma sœur et moi avons saisi ses bras chacune d'un côté, en nous prenant pour des étrangères, il a demandé :

— Où est le bâtiment 901 ? J'habite là-bas, hein, où est le bâtiment 901 ?

Il n'a pas arrêté de trembler et de répéter la même question jusqu'à ce que nous arrivions à la maison. Quand nous sommes entrés dans le vestibule, elles venaient de finir de manger et buvaient le thé dans le salon. Le visage de ma mère, qui coupait des fruits, se figea avec un air glacial. À l'exception de ma grand-mère, qui ressentait la détresse de sa fille aînée, toutes se levèrent, mi-curieuses mi-craintives.

— Oh ! Que vous êtes vieux maintenant ! Oh, mon Dieu ! murmura ma tante cadette, stupéfaite.

L'âge de mon père, entre celui de ma mère et de ma grand-mère, basculait autrefois plus du côté de ma mère, mais depuis qu'il avait perdu son emploi, il semblait avoir couru à toute vitesse, comme un rapace auquel on aurait brûlé la queue, tant et si bien qu'il en oubliait le chemin de chez lui et s'approchait rapidement de l'âge de sa belle-mère, au point qu'il en était même à considérer sa femme comme sa propre fille. Mon père, blessé, ivre et transi, ajoutait à sa vieillesse une laideur et une horreur telles qu'il était embarrassant de le regarder en face.

— Rentrez vite, beau-frère ! Pourquoi avez-vous bu autant ? Vous n'avez pas dîné, n'est-ce pas ?

Ma tante cadette a accueilli mon père de manière affable, mais il n'a répondu que par d'étranges « ho, ho, hoo ».

— Vous devriez d'abord vous reposer, se dépêcha-t-elle d'ajouter avec un sourire gêné.

— Allons dans ma chambre. Comme monsieur est saoul...

Ma mère a fait un mouvement de tête manifestant sa lassitude. Et ça a été à ce moment-là que la réplique éternelle de mon père, celle qui apparaît et disparaît avec son ivresse, a été dévoilée à tous. Il a tonitrué :

— Garces ! Moi, Son Jae-u, je ne suis pas encore mort ! Garces ! Garces ! Moi, Son Jae-u, je ne suis pas encore mort ! Pas encore mort !

Il a continué ainsi à crier sa réplique jusqu'à ce qu'il s'effondre sur le canapé et s'endorme.

Son « Garces ! » qui englobait la totalité des femmes de la maisonnée a sidéré tous les membres de l'assemblée. Personne ne put échapper à cette douloureuse accusation.

Ma tante cadette plissa les sourcils. Ma belle-tante observait attentivement les moindres faits et gestes de mon père et de ma mère, les yeux brillants. Entre les vociférations tonitruantes de mon père se discernait la petite voix rapide de la belle-tante, se faufilant comme un serpent entre les rochers. Aussi petite qu'un verdier, elle est passée derrière la tante cadette et a demandé :

— Vous étiez déjà au courant qu'il était comme ça ? Je l'ignorais.

— Qui aurait pu le savoir ? Il a toujours eu l'alcool un peu mauvais.

— Comment ma belle-sœur peut-elle vivre avec ça ? Il ne devrait pas agir ainsi alors que la situation va de mal en pis. Ah, belle-mère, c'est lamentable, que devrions-nous faire ?

— *Aïguna*, bonne question..., a répondu machinalement ma grand-mère à sa belle-fille qu'elle avait en horreur.

— Qu'on l'aime ou qu'on le déteste, au moins ton mari ne boit pas autant, pas vrai, tante cadette ?

— Mon salaud ne touche même pas à l'alcool.

— Mi-seon, maman à l'air d'être sur le point de s'évanouir. Aide-la à aller dans la chambre.

— Elle fout quoi ? m'a répondu furieusement Mi-seon.

Avant même que je puisse lui demander de quelle femme elle parlait, elle s'est précipitée pour empoigner le bras de ma mère.

— Garces, maudites garces ! je ne suis pas encore mort, les garces !

Effrayée par les horribles insultes mêlées aux hurlements de mon père, la famille de ma mère s'est préparée précipitamment à partir. Même ma grand-mère, qui avait prévu de rester quelques jours chez nous pour se rendre à « ce monastère » avec ma mère, a préféré finalement repartir avec sa belle-fille.

— Merci pour le repas. Ne venez pas le jour du déménagement. On s'est déjà dit au revoir ici, de toute façon. Et puis, que veux-tu faire d'un chien ivre ? Pour l'instant, il faut juste le laisser comme ça. Rien ne sert de lui parler, ça finira en dispute.

Dès que ma tante cadette a fini de parler, Min-jeong, sa fille, nous a saluées poliment. Ma mère avait grand peine à maintenir sa dignité. Ma sœur, les épaules contractées, tapotait le bras de ma mère tout en se chaussant. Ma tante benjamine, fermant la marche à cause de son poids, était sur le point de poser un pied dans le vestibule quand mon père, qui avait été un court moment silencieux, a rugi soudainement d'une voix retentissante :

— Gaaarces ! Satanées garces ! Moi, Son Jae-u, je ne suis pas encore mort !

Ma tante benjamine était si médusée qu'elle semblait défaillir. Elle a plissé le coin blafard et boursouflé de ses lèvres et a déclaré :

— Eh bien... il n'y a rien à tirer des marins.

Je me rappelais très bien à qui elle avait adressé cela auparavant. À l'époque, le menton pointu et les lèvres serrées, elle avait chuchoté, dirigée vers sa sœur, ou vers son beau-frère, ou peut-être vers les deux : « Eh bien... il n'y a rien à tirer de ces ignares. » Elle n'avait pas désigné sa grande sœur, ma mère, ni son beau-frère, mon père. Cette fois-ci, elle ne visait que lui.

Une fois tout le monde parti, ma mère, qui aimait citer proverbes et expressions toutes faites, a regardé mon père inconscient sur le sofa et a secoué la tête :

— Comme on dit, un furoncle apparaît toujours le jour du mariage, *aïgo*... Comment supporter cette honte !

Bien que les maximes et dictons de ma mère ne conviennent pas toujours à la situation, ils n'avaient jamais semblé aussi inconvenants qu'à ce moment-là. La comparaison entre le furoncle du jour du mariage et le tumulte qui venait de balayer notre appartement était grotesque, il ne prêtait ni à rire ni à pleurer, comme une comédie cruelle se finissant sur une note tragique et violente.

Mon père dormait désormais profondément. Les pleurs de ma mère qui braillait comme un enfant dans sa chambre s'étaient calmés, la maison était silencieuse. Notre famille avait quitté notre foyer avec du mépris pour mon père et de la pitié pour ma mère. Ces femmes avaient toutes un jour profité de sa générosité. Leur façon de lui montrer leur gratitude était de contempler sa chute et de plaindre ma mère.

Au milieu de la nuit, je suis allée dans le salon et j'ai allumé la lampe sur pied. J'ai cherché dans l'armoire à pharmacie un désinfectant puis je me suis approchée de mon père pour soigner ses blessures. Son aspect me donnait la nausée, et j'ai fini par m'asseoir loin de lui. Je ne valais pas mieux qu'elles. Le pus qui coulait des plaies de la joue et du menton brillait sous la lumière tamisée. Je suis retournée dans ma chambre et, assise sur le lit, j'ai tremblé de dégoût et de colère, tout comme ma tante benjamine le faisait autrefois. Le vent glacé s'infiltrait sous la couverture, il pénétrait mes os. Que ferai-je au prochain printemps ? Que ferai-je si mes ongles, mon échine tombent ? Une azalée doucement balancée par le vent a fini par tomber sans force.

Depuis, le temps m'a toujours semblé hivernal.

*

Dans les *Mille et Une Nuits*, le jour s'oppose à la nuit.

Le jour est un temps violent. Que se passerait-il si *Les Mille et Une Nuits* étaient constituées uniquement d'histoires diurnes ? Avec la cruelle vengeance d'un roi transpercé ? Ou du roi Shâhriyâr, consumé de vengeance, qui orchestrerait l'extinction des femmes et par extension celle de l'humanité ?

La nuit est un temps de guérison et de consolation. Mais que se passerait-il si *Les Mille et Une Nuits* étaient constituées uniquement d'histoires nocturnes ? Si elles parlaient seulement du bonheur suprême de ceux qui ne sont pas blessés ? Si elles étaient remplies d'histoires simples où un roi avait une reine qui avait un don pour raconter les histoires, et qui chaque nuit le divertissait ? De telles histoires fades et sans péripéties, sans enjeu ni résolution, sans mouvement ni voyage, seraient simplement un bon livre.

Le jour noue des nœuds bien solides, ensuite lentement dénoués par la longue nuit, ainsi est tissée la vie de l'Orient.

Sans la lumière de Ma'sûd, les histoires de Shahrâzâd ne se résument qu'à de simples bavardages. Inversement, sans les histoires de Shahrâzâd, Ma'sûd n'est qu'une folie. Des images pareilles à des éclairs illuminent le labyrinthe narratif enfermé dans de ténébreuses parenthèses. Sans ses blessures, comment le roi Shâhriyâr pourrait-il rester éveillé pour écouter les longues et ennuyeuses histoires de Shahrâzâd ? Et, sans le labyrinthe infini d'histoires de Shahrâzâd, comment les bords de la blessure profonde de Shâhriyâr pourraient-ils briller avec éclat ? Dans le bref instant où le jour et la nuit se croisent, la lumière de la blessure révèle les douloureuses facettes de la vie cachée dans l'obscurité.

Dix ans auparavant, pour oublier les rayons de l'après-midi d'automne qui tombaient sur les arbres de la gare de Yeongdeungpo, ces rayons qui avaient entaillé mes désirs et mon quotidien, je lisais *Les Mille et Une Nuits*. Ce livre renferme un cycle unique de blessures et de guérisons.

Les Mille et Une Nuits nous montrent le présent sous la forme d'un long labyrinthe infini. Les nuits pourraient durer une seconde, dix jours ou plusieurs décennies. Sur le présent traversent les faisceaux lumineux du passé, les blessures du jour non oubliées. Les blessures invoquent des histoires, et les histoires évoquent des blessures. C'est une reconnaissance mutuelle imprégnée de douleur. Le jour et la nuit alternent. Le jour appelle la nuit, et la nuit appelle le jour. Le passé illumine le présent, et le présent saisit la lumière du passé. Si on ne prend pas conscience de cette correspondance momentanée, c'est la mort. La mort du temps. Comme pour les soldats d'Ulysse qui, après avoir mangé la fleur de lotus, oublient leur navigation pénible et leur retour au pays, le temps s'arrête puis se fige éternellement. Mes deux années de césure à l'université ont été ancrées dans le marais d'un hiver gelé, sans que je puisse y échapper.

TELLE FILLE, TELLE SŒUR

Il fait désormais assez chaud pour me laver les cheveux à l'eau froide. En les séchant avec une serviette, je me regarde dans le miroir de la salle de bains. Petite, je n'avais jamais laissé pousser mes cheveux au-delà de mes épaules. Pendant les congés de mon père, ma mère n'osait pas approcher les ciseaux de ma tête. Mais une fois qu'il était reparti en mer, comme elle préférait les cheveux courts, qui d'après elle faisaient plus soigné, elle les coupait dès qu'ils m'arrivaient aux épaules. Un jour, on m'a offert une épingle à cheveux en forme de fleur et j'ai décidé de les laisser pousser.

Si l'âme du temps s'écoulant à travers les choses peut être appelée « souvenir », alors pour moi, les fleurs sont toujours liées à celui de la séparation. Enfant, j'avais manqué l'adieu à mon père en voulant lui offrir des azalées.

Avant de quitter la chambre humide, je reviens sur ces souvenirs. Tout comme une graine de pin ou une châtaigne, mélangées à du kimchi de *bossam* frais, entraînent instantanément chez moi le goût de la viande bouillie, des crevettes saumurées et de la soupe de pâte de soja fermenté, la chaîne des fleurs et des adieux ravive dans mon esprit une douloureuse séparation qui résonne encore bruyamment en moi.

Je me souviens toujours non pas de la relation, mais de la séparation, non pas de l'amour, mais du manque.

Le début ou le cours d'une relation n'ont rien de particulier, mais sa fin est toujours exceptionnelle. Je me souviens de cette nostalgie, de cette obsession particulière, de cette fureur singulière nichée dans mon corps. Comme le miroir de la salle de bains qui étire la réalité, mes souvenirs de séparation me semblent infinis.

À dix-neuf ans, jeune étudiante, j'ai rejeté frénétiquement les fardeaux de la féminité, comme un capitaine souhaite empêcher le naufrage de son bateau. Je menais une vie où, me roulant dans la boue et luttant avec les garçons sans hésitation, j'étais obnubilée par la victoire et, lorsque je perdais, je m'énervais et essuyais mes larmes avec mon avant-bras comme un garçon de ferme. Dans ma quête pour devenir forte, j'ai commencé à m'habiller de plus en plus négligemment, à ne plus craindre de me blesser, à considérer la protection offerte parce que femme comme une honte, et à trouver embarrassants les tons doux ou les compliments chaleureux.

Puis, dès que j'ai revu Han-yeong, j'ai commencé une subtile métamorphose, comme une adolescente entrant dans la puberté. J'étais frustrée de ne pas savoir comment me mettre en valeur, tremblante de timidité à l'idée que quelqu'un puisse prêter attention à mes vêtements et à mon comportement ; je m'efforçais assidûment d'adopter un langage, des expressions et des postures féminins. C'était comme si j'avais complètement oublié d'être une femme.

C'est l'amour qui m'a finalement permis de passer une nouvelle fois de l'enfance à l'âge adulte. Après les activités agricoles estivales, l'amour a percé ce mur épais et m'a ouvert les yeux sur la féminité, comme une force motrice incroyablement puissante.

*

Lorsque j'ai revu Han-yeong sur le campus universitaire, je venais de mettre fin à mes deux années de césure et j'avais repris mes études. Han-yeong avait fait son service militaire et était revenu à l'université à peu près en même temps que moi.

Après une si longue absence, nous avons échangé des salutations avec maladresse. Ne parvenant pas à repartir chacun de notre côté, nous avons finalement décidé, après de longues tergiversations, de nous rendre une nouvelle fois au bistrot étudiant où nous avions bu dans le passé. Nous n'avons toutefois pas pu retrouver l'ambiance d'alors. Avant même d'y mettre les pieds, nous avons été déçus. Tout semblait étranger. Dans l'étroit et raide escalier, se dégageait l'odeur aigre et rance des vieux bâtiments, avec un plafond si bas qu'il touchait presque nos fronts. Nous avons traversé la forêt des chaises en métal où étaient posés des coussins ronds en vinyle violet, des tables en bois fissurées sans aucun angle intact, des papiers peints élimés, des menus sales comme des chiffons et, enfin, nous sommes entrés dans la petite pièce d'il y a cinq ans.

Le patron a apporté deux couverts et une assiette de légumes. Nous avons commandé du *soju* et un plat de kimchi au tofu. Coupés en tranches bien avant notre arrivée, les concombres et les carottes étaient flétris et imbibés d'eau. Nous avons fumé en silence en attendant le plat. En éteignant sa cigarette, Han-yeong a murmuré que l'absence de musique était regrettable.

Le *soju* et le plat sont arrivés. Il m'a demandé si c'était assez, je lui ai répondu que ça irait. Il a poussé l'assiette vers moi en me disant de manger. Nous avons trinqué et bu le *soju* cul sec. Je n'avais pas d'appétit, je le regardais simplement envelopper le tofu dans une tranche de kimchi sauté. Il les a mis dans sa bouche, a mâché et les a soudain recrachés dans sa main.

— Ce tofu a tourné.

Il s'est essuyé la bouche avec un mouchoir en râlant. Je lui ai proposé de commander autre chose, mais il a suggéré d'aller dans un autre endroit. Je trouvais dommage d'abandonner la bouteille de *soju*, mais j'ai suivi Han-yeong. Cela fait si longtemps, autant aller dans un endroit agréable avec de la musique, de bons plats et de l'alcool, m'a-t-il dit. Pendant que Han-yeong payait au comptoir, le patron nous regardait d'un œil terne. Nous avons quitté le lieu avec l'impression d'avoir été chassés, et sommes restés plantés dans la rue avec un sentiment de frustration. Je regardais mes pieds tandis que Han-yeong fumait une cigarette en se balançant lentement.

Nous avons trouvé un nouvel endroit, sans les ampoules de toutes les couleurs, sans les calendriers suggestifs et l'odeur d'huile de friture qui imprégnait le bistrot précédent, un bar à bière lumineux, propre et spacieux. Si le précédent lieu ressemblait à un enfant sale, le nouveau évoquait un petit garçon au teint laiteux et au visage radieux. La banquette recouverte d'un tissu violet clair était confortable, et un air indéfinissable au piano flottait dans l'air. Une serveuse, sans doute une étudiante, nous a tendu le menu avec un sourire. Lorsque Han-yeong a commandé la bière et les mets d'accompagnement, elle a acquiescé comme une poupée, puis s'est éloignée d'un pas léger.

— C'est pas trop cher, ce genre d'endroit ? me suis-je inquiétée.

— Bien sûr que c'est cher. Mais aujourd'hui, c'est un jour spécial, non ? a-t-il répondu en souriant.

Nous nous sommes regardés. Dès que j'ai ouvert mon sac pour attraper une cigarette, Han-yeong a sorti un briquet de sa poche et me l'a tendu. Il a allumé ma cigarette.

La musique s'est intensifiée, Han-yeong semblait très satisfait de la façon dont elle résonnait et secouait la pièce. Voyant ma mine renfrognée à cause du bruit qui nous empêchait de discuter, il a proposé de venir s'asseoir à côté de moi. Je me suis précipitée de refuser, lui disant que ce n'était pas nécessaire.

— Tu as déjà mangé des pieds de porc ? a-t-il demandé tout d'un coup.

— Non.

— C'est fumé, donc ça ressemble un peu à du jambon. Ça pourrait te plaire.

Sa considération m'a rendue heureuse.

L'air inconnu au piano continuait. Les basses, mélangées à d'autres sons lourds, résonnaient majestueusement. Une mélodie mélancolique continuait en même temps, comme un oiseau léger. Ce jeu de bascule entre le volume des sons inégaux se répétait. Il a longtemps résonné dans mes oreilles.

Le pichet de deux litres de bière et le panier de bois rempli de popcorn sont arrivés. La serveuse a posé le panier au centre de la table et est partie. Le popcorn brillait d'un blanc immaculé. Han-yeong a soulevé le lourd pichet de bière et m'a servie. Quand ça a été mon tour de le servir, ma main tremblait en versant la bière, je ne savais guère si cela était dû au poids du pichet ou à mon excitation intérieure. Nous avons trinqué et bu notre bière. Elle était étonnamment bien fraîche. J'ai senti ses yeux rivés sur moi.

Han-yeong a commencé à parler :

— J'ai vu Myeong-ho récemment.

— Il va bien ?

— Ça a l'air. Il est à fond dans les études.

— Je ne suis pas surprise.

— C'est vrai. Apparemment, lui et Mi-hye se sont séparés il y a déjà un moment. Je savais que ça finirait mal.

Je me suis rappelé que Han-yeong et Su-jin n'avaient dès le début jamais vraiment apprécié Mi-hye.

— Myeong-ho est plus sensible qu'il n'y paraît. Ce genre de fille facile, ça me répugne.

Les filles faciles… Je me suis souvenue d'à quel point j'avais été fascinée par elle et j'ai souri légèrement.

— Su-jin et Jong-tae sont toujours des militants ? m'a demandé Han-yeong.

Quand j'ai répondu que oui, sûrement, il a gratté ses cheveux courts.

— Tu ne le vois pas ?

Quand j'ai avoué que cela faisait longtemps que je ne l'avais pas vu, il a hoché la tête. Nous avons bu lentement. La musique a changé pour une suite de notes de piano douces, presque aussi imperceptibles que le tintement de perles s'entrechoquant. Ces notes vertigineuses semblaient tomber dans un abîme insondable au fond duquel les perles se fracassaient, comme les trois mille servantes de la cour royale du royaume de Baekje se jetant l'une après l'autre de la falaise du mont Nakwha.

Han-yeong m'a dit de ne pas me prendre la tête, de prendre les choses plus à légère. J'ai accepté son conseil sans demander de quoi il parlait exactement. Nous avons trinqué et bu de grosses gorgées sans raison apparente. L'alcool me montait à la tête, j'ai eu faim de popcorns. Tout en buvant, Han-yeong m'observait. Il a marmonné quelque chose en posant son verre. Cette fois encore, je n'avais pas compris. Quand je lui ai demandé ce qu'il venait de dire, hésitant, il a répondu :

— Non, rien... J'ai juste dit que tu ressembles à une petite sœur.

Le concerto de piano prenait fin. Le silence a envahi le bar comme si tous tendaient l'oreille à ses paroles. « Tu ressembles à une petite sœur », avait distinctement prononcé sa voix. Un soupir avait même été parfaitement audible.

Le plat est arrivé. Au début, je ne faisais que regarder l'assiette de pied de porc fumé. Finalement, j'ai pris mes baguettes avec réticence. J'ai choisi la tranche de viande la plus fine et petite, l'ai trempée légèrement dans la sauce de crevettes saumurée comme Han-yeong me l'a conseillé. J'ai d'abord bu une gorgée de bière avant de mettre la viande dans ma bouche. Alors que je mâchais la tendre viande, Han-yeong a allumé une cigarette, faisant mine d'être indifférent. Tout à coup, un cri semblable à des applaudissements est sorti de ma bouche :

— C'est vraiment le meilleur sous le Ciel !

Mon utilisation de cette expression datée, digne de nos grands-parents, a fait éclater de rire Han-yeong, tant et si bien qu'il en a eu le souffle coupé. Tandis que je prenais une autre tranche, il continuait de rire. J'ai trempé un morceau sur lequel la graisse et la chair étaient harmonieusement réparties dans la sauce de crevettes et je l'ai avalé en une seule bouchée. Plus tard, chaque fois que Han-yeong m'initiait à un nouveau plat, il demandait : « C'est le meilleur sous le Ciel, n'est-ce pas ? » et je hochais innocemment la tête, ce qui le faisait rire aux éclats.

— Ha ha, le meilleur sous le Ciel, vraiment !

L'expression « le meilleur sous le Ciel » donnait l'impression que l'on avait un personnage fascinant avec nous, et les jours où nous étions attablés avec ce fabuleux personnage à nos côtés, je ne vomissais jamais. Tout ce qui touchait ma langue avait le goût du paradis.

*

En commençant ma relation amoureuse, j'ai tiré un trait sur la vie recluse que je menais avec mon père. Le début était joyeux. C'était comme une course à pied où l'un était l'arrivée de l'autre. Le son aigu du sifflet retentissait dans nos oreilles alors que Han-yeong et moi nous tenions face à face sur la ligne de départ. C'était inattendu et inexplicable.

Jupe blanche au vent, je me suis précipitée vers lui, et lui, chargé d'une passion incontrôlable, a couru vers moi. À notre impact, je haletais et écartais les plis de ma jupe pure et blanche d'innocence. Sur le blanc de la jupe, un cœur rouge a été versé. La tache semblait irréversible. Nous avons accepté cette tache comme la preuve indéniable de notre amour, la brandissant comme un drapeau. Sans cette exubérance, l'amour n'aurait pas pu commencer, et même s'il avait commencé, il se serait aussitôt éteint.

Le sentiment amoureux n'est pas en soi ce qui donne naissance à la joie. Notre relation était joyeuse parce que l'amour que je portais à Han-yeong était évident pour moi, pour lui, et pour ceux qui nous entouraient. Jong-tae et Su-jin ont reconnu notre relation. Bien sûr, j'aurais été avec lui quand bien même ils ne l'auraient pas acceptée, mais cela m'a permis d'être en accord avec moi-même ; Jong-tae a loué Han-yeong comme un bon ami, et Su-jin a plaisanté en disant que tous deux « mis sur une planche à découper » nous semblions assez bien assortis.

Jong-tae, revenu à mes côtés en tant qu'ami dévoué, m'a invitée à rejoindre son organisation d'activisme culturel. Su-jin m'a assuré que je m'y débrouillerais bien. Leurs conseils et leurs encouragements m'ont enhardie. J'ai accepté de rejoindre le groupe, moi qui avais tardivement obtenu mon diplôme à 25 ans. Bien que ma vision de l'activisme dans ma lettre de motivation et lors de l'entretien ait été jugée un peu naïve, j'ai eu un poste au sein de l'organisation. J'avais trouvé de la joie et de la foi dans mon travail.

Ma relation amoureuse avec Han-yeong, qui avait commencé par « petite sœur » et « meilleurs pieds de porc fumés sous le Ciel », s'était éveillée également sexuellement. Nous allions souvent dans des motels. Nous faisions l'amour dans les lits de ces chambres bon marché, puis nous reposions et bavardions. Au début, faire l'amour n'était qu'une expérience lourde et sans signification particulière, une masse sans importance, seulement perceptible par une sensation de moiteur. Quelque chose montait et pressait mon corps, le pénétrait et, lorsque la masse moite s'éloignait de mon cœur, le sexe prenait fin. Cependant, avec la répétition, des détails se sont accumulés et faire l'amour est devenu au fur et à mesure une pratique plus excitante et fantasmatique que la réalité.

Un jour, après avoir fait l'amour, alors que son bras me servait d'oreiller, Han-yeong a commencé à chanter une nouvelle chanson. Tout à coup j'ai eu le désir de le voir, nu comme un ver, à distance, chantant tout en me regardant. Je voulais que, mains jointes et visage rayonnant, il me chante la chanson « Rosier rugueux » aussi magnifiquement que me la chantait Hae-su. Han-yeong m'a regardée un instant avec des yeux perplexes, mais il a accepté.

— En échange, toi aussi, retire la couverture !

Sans autre choix, je me suis découverte du drap, j'ai surélevé un oreiller épais et me suis appuyée sur le chevet du lit. Il se tenait debout, face à moi, alors que je m'allongeais en biais, nos deux visages se regardant sérieusement dans le plus simple appareil. Jamais auparavant nous n'avions observé ou montré nos corps nus avec une telle acuité – ni en se déshabillant, ni pendant l'acte sexuel, ni même sous la douche. Une sensation étrange m'a saisie, mes orteils frémissaient. Il croisait les bras derrière son dos, mais je lui ai fait signe de les croiser devant lui. En imitant son geste, ma main nue a effleuré mon bas-ventre, un léger frisson a traversé mon corps. Il a fait comme je lui avais dit : docilement, il a joint ses mains devant lui et s'est mis à chanter.

Je regardais son corps, loin d'un physique idéal, mais d'une mystérieuse beauté. Son ventre se gonflait légèrement au rythme de la chanson. Ses cuisses, courtes et robustes, se tenaient droites comme des totems coréens. Mais je ne pouvais pas rester une simple observatrice. Lui aussi regardait avec insistance mon corps imparfait. Allongée, les jambes légèrement écartées, j'ai regretté de ne pas avoir pris une posture plus élégante dès le début. Mais l'ambiance que nous avions créée rendait tout changement de position ridicule, pour lui ou pour moi. Même fumer était impossible.

J'étais comme attachée au lit, lui à un poteau invisible, nous devions endurer la flagellation de nos regards réciproques. Seuls nos yeux pouvaient bouger librement. Je sentais sur quelle zone de mon corps son regard se fixait. Mon regard s'est alors fixé sur la même zone du sien. Une tension s'installait, nous ne nous permettant même plus de cligner les yeux. Nous caressions nos sexes du regard.

Soudain, un petit mouvement a taquiné l'atmosphère suffocante. Entre ses jambes, son sexe a commencé à frémir légèrement, comme une azalée dans le vent. Son mouvement devenait de plus en plus erratique, comme le balancier d'un métronome désynchronisé. Mon sexe est devenu chaud et humide. La chanson de Han-yeong s'est brusquement arrêtée. Comme un galet ricochant sur l'eau, l'écho de la chanson rebondissait avec légèreté sur mon corps. Ses mains se sont desserrées, son sexe s'est soudain dressé, et je ne pouvais plus rien voir d'autre.

— Coquine ! Tu ne regardais que ça ! s'est-il écrié en se jetant sur le lit.

— Ha ha... Et toi alors ?

— Tss, coquine ! Vilaine !

— Toi aussi, toi aussi, toi aussi...

Nous savions tous les deux, avant même le début de la chanson, qu'elle se conclurait ainsi. Emportés par l'excitation, à la fois joyeux et honteux, nous rejetions en riant la faute sur l'autre. Lui tel qu'il était, moi telle que j'étais, nous nous jetions l'un sur l'autre comme pour arracher nos chairs. L'excitation que nous avait procurée le sexe ce jour-là avait été si intense que, par la suite, dès que l'un de nous proposait d'aller « chanter au motel », nous constations la lueur érotique dans les yeux de l'autre et nous nous mordions les lèvres.

Mais ce sentiment de bonheur amoureux n'a duré que jusqu'au moment malheureux où la certitude de l'amour s'est dissoute dans le quotidien et n'a plus suscité aucune nouveauté. Comme lorsque l'on se sent soudain à l'aise en changeant légèrement de position après être resté longtemps dans la même posture, nous nous sommes mutuellement offert de la tendresse à chaque petit tournant de notre relation amoureuse, et tout en vérifiant cette tendresse qui jetait une lumière neuve sur notre amour, nous goûtions brièvement au bonheur.

Cependant, la nouvelle posture que nous croyions être la plus appropriée pour notre relation, avec le temps, s'est à nouveau transformée en une posture inconfortable. Nous avons essayé de changer légèrement de position ou de modifier la couleur de notre relation, mais cela n'a pas eu l'effet miraculeux du début, et, par la suite, peu importe combien nous nous tournions ou retournions, cela restait sans effet. Comme le vieil homme sensible et irritable qui ne trouve pas de position confortable pour dormir, changer de position sans le moindre bénéfice devenait une corvée, et rester longtemps dans la même position était insupportable. Tout semblait insignifiant et ennuyeux, et notre relation amoureuse qui a duré trois ans est devenue agaçante, elle semblait marcher uniquement par inertie, imbibée de fatigue comme un coton mouillé.

*

J'ai pris la décision de rompre avec Han-yeong. À cette époque, je n'avais pas le moindre doute. Lorsque l'on choisit de mettre fin à une relation amoureuse, la force de cette volonté est si absolue que l'on voit uniquement tous les aspects négatifs de cette relation.

Nos rencontres étaient sans signification. J'utilisais mon travail au laboratoire comme excuse, et Han-yeong ses études universitaires, afin de ne pas rencontrer l'autre : on ne montrait aucune sollicitude, on se voyait un très court moment lorsque l'on avait un peu de temps libre, et même lorsque nous nous voyions ainsi, nous n'avions rien à nous dire. Si l'un de nous abordait un sujet, l'autre s'ennuyait, s'il parlait d'autre chose, alors, comme s'il avait attendu, l'autre s'ennuyait, puis se vengeait en faisant des reproches.

Pour réduire ce sentiment d'hostilité, au lieu de discuter, nous avons choisi de faire des choses pratiques comme manger ensemble ou faire des achats : ces activités neutres et bénéfiques ne nécessitaient pas de plonger dans les soucis ou l'intériorité de l'autre. Malgré cela, les disputes étaient fréquentes et nous ne recherchions jamais le pardon de l'autre. Nous avons fini par éviter de nous voir. Naturellement, en tant que femme, il me revenait d'annoncer la rupture. Je me suis préparée pendant quinze jours.

D'abord, j'ai décidé de lui rendre ce qu'il m'avait prêté. J'ai trié les livres de ma bibliothèque que je lui avais empruntés. La plupart avaient leur propre histoire. En les regardant, je me suis une nouvelle fois demandé si rompre avec lui était vraiment une bonne idée. J'ai pleuré la morve au nez en tenant chaque livre, je me suis tant mouchée que mon nez était irrité. Les moments partagés avec lui me retenaient fermement. J'ai pris des notes à côté des mouchoirs pour noter les titres, les auteurs et les éditeurs des livres importants ou rares que je lui rendais, avec l'intention de me les procurer plus tard.

J'ai décidé de retourner aussi les choses qui étaient devenues un fardeau symbolique. Les lettres et les cadeaux étaient exclus. Le seul article significatif que j'ai choisi de retourner était une bague. Le symbole d'une belle et officielle future union ; pour moi, qui devais anéantir cette relation, il était donc difficile de la garder.

Enfin, je lui ai écrit une lettre pour annoncer ma rupture. L'ébauche de la lettre a été plus facile à écrire que ce que j'avais imaginé, mais à chaque relecture, je trouvais toujours quelque chose qui manquait. Contrairement au nombre fixe de livres empruntés, le contenu à ajouter semblait sans fin. Finalement, j'ai décidé d'omettre toutes les petites histoires superflues. J'ai courageusement supprimé les phrases romantiques dans le but de clairement exprimer ma décision de rompre, puis j'ai aussi ajouté un bref éclaircissement personnel. Bien que ce choix sec ne me semblât pas tout à fait correct vis-à-vis de mes larmes ou de la patience de Han-yeong, craignant de me replonger dans la rédaction laborieuse d'une lettre d'un « mauvais infini » hégélien, je me suis dépêchée d'aller chez lui l'après-midi même où j'ai fini sa rédaction, avec les livres et la bague. J'ai laissé ces objets devant la porte de sa chambre vide et je suis partie.

*

Après ma rupture avec Han-yeong, j'ai beaucoup pensé à lui. Comme un patient atteint d'une maladie non mortelle mais suffisamment sérieuse, j'étais dans un état très faible. *Pendant un certain temps, je penserai à toi. Pendant un certain temps, je t'oublierai. Puis, au fil des ans, le jour où je réaliserai enfin que je me suis vraiment séparée de toi, ce sera alors très douloureux...* Devenue sentimentale, je murmurais à destination d'Han-yeong, déjà devenu un étranger, une douce séparation, comme le poète Kim So-wol. En même temps, je me félicitais d'avoir très bien su abandonner tout espoir de le revoir.

Plongée dans l'illusion que j'oubliais totalement Han-yeong, je suis redevenue jeune de cœur comme une fillette, attendant un nouvel amour beau et improbable.

Un mois après notre rupture, alors que j'attendais le bus, j'ai vu une femme monter dans un taxi, et Han-yeong à son bord. Il portait un manteau Burberry beige que je n'avais jamais vu, et fumait une cigarette en secouant la cendre par la fenêtre. Il semblait avoir le visage légèrement enflé et énervé. J'espérais qu'il me reconnaisse, mais il fixait son regard droit devant et, dès que la femme s'est installée, le taxi est parti sans attendre.

Il a acheté un nouveau manteau.

J'étais étonnée de comprendre que Han-yeong ne s'était pas seulement abstenu de mourir après notre rupture, mais qu'il avait aussi le visage gonflé, prenait des taxis, fumait toujours et avait même acheté un Burberry beige. Je me suis souvenue que son anniversaire était dans dix jours. Je regrettais de ne lui avoir jamais offert de cadeau convenable, et me sentais coupable de l'avoir fait souffrir. Je me suis sentie obligée de me racheter. Le jour de son anniversaire, j'ai acheté un bouquet de fleurs assez cher au marché, et une fois de plus, je l'ai déposé devant la porte de sa chambre vide.

Quinze jours plus tard, j'ai reçu un signe de sa part. Han-yeong m'avait adressé plusieurs lettres. J'ai lu les relire plusieurs fois pour comprendre.

Han-yeong avouait qu'il m'avait écrit une lettre de rupture bien avant moi, mais il ne s'était jamais fermement décidé à l'envoyer, il avait hésité longtemps, et qu'elle était restée dans sa poche. J'étais assez surprise de cette nouvelle, mais depuis notre rupture, j'avais décidé d'être magnanime.

Ses mots contenaient la solitude d'un hiver que nous devions chacun supporter séparément. Pour la première fois depuis notre séparation, j'ai vraiment ressenti de la douleur. Lui avoir offert un bouquet en guise de dernier cadeau était d'un certain réconfort.

*

Cela faisait deux ans que je travaillais dans le laboratoire de recherche. Bien que Jong-tae et moi appartenions à des départements différents, nous nous rencontrions souvent lors d'assemblées générales. Nous fréquentions régulièrement un petit bistrot. L'allée y menant était étroite et longue, obscurcie par des voiles de tissu. Pour y accéder, on devait passer devant une douzaine de têtes de cochon alignées. Longtemps, je répugnai à emprunter cette ruelle. J'hésitais à poser le pied dans cette allée profondément sombre, comme le creux d'une grotte, et n'observais que l'entrée.

À l'entrée de l'allée, deux hommes vendaient des articles comme du ruban adhésif ou des cure-oreilles, en buvant du *soju* sur un journal étalé au sol. Un homme, presque un vieillard, et un autre à la quarantaine. Lorsque je les ai vus pour la première fois, le vieillard était assis, immobile, avec des yeux gris au regard flou et une chevelure tachée de blanc. L'autre homme croquait un morceau d'ananas. Le vieil homme affichait un masque détaché de tout. L'autre semblait encore osciller encore entre avidité et renoncement, occupé à grignoter ou à essuyer les taches sur sa chemise sale. Chaque fois que je les voyais, leurs traits me rappelaient étrangement mon père ; leur âge et leur apparence combinés ressemblaient exactement à lui. Je ressentais de la compassion pour eux alors que je n'en avais jamais ressenti pour mon père. Ce sentiment adulte me donnait le courage de traverser la ruelle.

De l'entrée, une odeur nauséabonde empestait l'air. J'ai pris une profonde inspiration. Les têtes de cochon, incapables de changer d'expression, étaient alignées comme des sculptures. Chacune d'elles avait une expression particulière et m'évoquait le dernier rire des condamnés à mort.

Une fois passé cette ruelle, il y avait un quartier de nombreux bistrots, dont le nôtre. La patronne nous apportait toujours du kimchi et du *soju* sur la table. Le kimchi, disposé en longues tranches sur l'assiette, était coupé à la va-vite après qu'on avait enlevé la base du demi-chou, et offrait un goût exceptionnel. Cette fraîcheur me rappelait le kimchi du corps d'armée féminin de ma famille, me donnant même envie de boire le bol de bouillon gras et alcoolisé. Le kimchi pâle était rafraîchissant et savoureux, et les feuilles enrobées d'épices étaient si pimentées qu'il était inutile d'en ajouter dans le bouillon.

Il arrivait souvent que, faute d'argent, nous ne pussions nous rendre dans les bistrots. Nous nous réunissions alors dans le laboratoire et buvions du *soju* insipide dans des bouteilles en plastique d'un litre, avec pour accompagnement tout au plus du kimchi ou du bouillon de moules obtenu après de dures luttes d'approvisionnement dans des gargotes de rue. J'aimais cette précarité. Lors de ces pauvres réunions alcoolisées, Jong-tae et moi, avec les membres du laboratoire, avions de sérieuses conversations sur la politique et notre organisation.

Après ma séparation d'avec Han-yeong, je fréquentais beaucoup le laboratoire et ses soirées. La femme cachée en moi cherchait des excuses pour boire jusqu'à plus soif, et ma passion pour l'alcool, déjà sujet de discussion parmi mes connaissances, s'était aggravée au point que j'aie dû écrire des lettres d'autocritique et subir les jugements sévères de mes collègues. Cependant, Jong-tae me comprenait et parfois m'offrait volontiers un verre.

Trois mois après ma rupture avec Han-yeong, j'ai appris par Jong-tae qu'il allait bientôt se marier. Jong-tae a supposé que ma dépendance à l'alcool y était pour quelque chose. J'ai immédiatement exigé de savoir qui était la future épouse de Han-yeong, sans même avoir la dignité de faire comme si j'étais au courant après avoir été en couple avec lui pendant trois ans. Jong-tae s'est muré dans le silence. Ce n'est qu'alors, trois mois après notre séparation, que pour la première fois j'ai violemment réalisé combien ma déclaration de rupture avait été irréfléchie.

*

En étant en couple, j'avais progressivement changé. La relation amoureuse m'avait apprivoisée. Tout en étant domestiquée, j'étais heureuse. Je n'avais plus à souffrir ni à être blessée. J'étais une femme et je pouvais profiter de tous les privilèges qui m'étaient accordés. Han-yeong avait l'obligation de me couvrir constamment de compliments en me disant que j'étais belle, et moi, malgré ma gêne considérable, j'avais le devoir de me souvenir et de mettre constamment en pratique les comportements, vêtements, expressions et manières qu'il pensait me convenir et voulait voir en moi. Quand il m'a offert l'épingle en forme de fleur, j'ai laissé pousser mes cheveux, et proportionnellement à leur longueur, le degré de ses louanges a augmenté.

Je me souvenais du regard de Myeong-ho sur Mi-hye quand s'épanouissaient les cerisiers en fleur, ce regard qui s'émerveillait, « Oh, tu es si mignonne ! ». Je considérais ce genre de regard de la part d'un homme comme une honte. De même, je pensais qu'il était impossible non seulement d'avoir une relation amoureuse, mais aussi de vivre sous le même ciel avec un garçon qui commençait ses phrases par « Les femmes, elles... ». Cependant, au fond de moi, une autre moi désirait ardemment être regardée ainsi, et persistait avec une vigueur acharnée.

Quand j'ai reçu ce regard de Han-yeong, j'ai non seulement pleinement joui de son érotisme, j'y ai aussi ajouté une couche d'autres valeurs. Derrière mon amour pour lui, il n'y avait pas le seul désir d'être son amoureuse, mais aussi celui, caché, d'être sa fille. Je le voyais comme le père d'autrefois qui prenait soin de moi pour ne pas que je vomisse, qui m'appréciait et qui me nourrissait de délicieux mets, me permettait de laisser pousser mes cheveux. Bien sûr, Han-yeong ne m'a jamais considérée comme sa fille, et je ne lui ai jamais demandé de jouer le rôle d'un père. Mais j'ai légèrement modifié le titre de « petite sœur », qu'il m'avait donné au début de notre relation, en « fille », et quand j'ai reçu ses éloges, je les ai acceptés non seulement en tant qu'amante mais aussi en tant que fille. « Oh, tu es si mignonne ! », ce regard a satisfait mes deux désirs cachés. Sa perte signifiait non seulement la perte d'un amant mais aussi la perte d'un père portant le masque du grand frère. Je me suis fourrée dans ces pensées trompeuses jusqu'à ce que j'apprenne qu'il allait se marier. À l'instant où j'ai entendu cette nouvelle, tout a changé. Perdre à la fois un amant et un père m'était tout à fait impensable, quand bien même j'avais en premier abandonné l'amant et trahi le père : j'ai tout bonnement refusé.

Toutes mes actions jusqu'à présent étaient basées sur la supposition que Han-yeong reviendrait. Ma lettre de rupture n'était que le trépignement d'un désir de tester s'il me restait encore la force de le blesser, un effort désespéré pour transformer son indifférence en une extrême attention. C'était même plutôt un désir grossier d'avoir droit à un « Oh, tu es si mignonne ! ». Ce qui m'avait tenue pendant ces trois mois, c'était la prétention de me dire de m'accrocher jusqu'à ce qu'il vienne me supplier de le revoir, et ce qui m'avait empêchée d'aller vers lui, c'était l'arrogante idée de rester sereine jusqu'à ce qu'il ne puisse plus résister à me contacter. Mais je ne pouvais plus maintenir cette façade élégante. Afin de confirmer la véracité de cette histoire de mariage, j'ai élaboré toutes sortes de stratagèmes pour le revoir.

Revois-moi juste une fois. Ne m'écris pas, mais revois-moi rien qu'une seule fois, en tête à tête. Je serai là, à t'attendre n'importe où, à n'importe quelle heure, peu importe que tu sois occupé, viens même tard dans la nuit s'il le faut. Par pitié, permets-moi de te voir et de discuter. Sinon, je ne sais pas ce qui pourrait m'arriver.

Après lui avoir envoyé cette lettre, moitié en le suppliant, moitié en le menaçant, je me suis sentie soulagée. J'avais l'impression que si je le revoyais, je pourrais confirmer que notre relation était intacte. Je pensais que son long silence était une façon de me réprimander sévèrement d'avoir rompu. Je croyais dur comme fer que si je lui demandais de revenir, il le ferait de bon cœur pour moi. Cela ne pouvait en être autrement. Il ne pouvait tout simplement pas en être autrement.

Je n'arrivais pas à dormir. *C'est inutile, c'est inutile,* cette pensée occupait les profondeurs de mon cœur. Mais le désir de l'impossible était intense et a complètement dominé ma raison.

La veille de mes retrouvailles avec Han-yeong, j'ai reçu un appel inattendu.

— Mi-ok ! Viens au téléphone. Je crois que c'est Han-yeong.

Mon père, assis sur le vieux canapé, servait à la fois de standardiste et de concierge. Tandis qu'il criait joyeusement dans le combiné pour que tout le monde puisse entendre, j'ai sèchement pris le téléphone.

Lorsque j'ai entendu sa voix, mon cœur a été transporté de joie. Mais après avoir raccroché, j'étais complètement refroidie. Mes espoirs avaient tout simplement disparu. Han-yeong avait appelé pour reporter, disant qu'il ne pourrait pas venir le jour prévu. De plus, il m'avait parlé tout du long en me vouvoyant. De « Comment allez-vous ? » à « Alors, je vous vois ce jour-là », la correction de son langage et le vouvoiement systématique étaient comme si un propriétaire avait décidé de ne plus autoriser les visites chez lui et avait aligné des gardes en uniforme portant le mot « vous » devant le bâtiment. Sa voix basse et sa politesse qui résonnaient dans le combiné me refusaient catégoriquement l'accès à l'intérieur de lui.

— C'était pas Han-yeong ?

Mon père connaissait sa voix et savait qu'il ne m'avait pas appelée depuis un moment. Ma colère envers mon père, qui semblait tout comprendre et me sondait comme un vieux renard, m'a fait éclater en larmes. J'ai essayé de me consoler. Han-yeong m'avait appelée, pas pour refuser de me rencontrer, mais plutôt pour suggérer un léger changement d'horaire, peut-être pour m'accorder plus de temps…

Je croyais toujours qu'il se souciait de moi. Deux faits subsistaient : d'abord qu'il allait se marier avec une autre femme, ensuite qu'il avait toujours de l'affection pour moi. L'un était littéralement vrai et l'autre était une obstination fantasmée. Cependant, jusqu'à ce que je le revoie, j'ai tout laissé flotter dans l'ambiguïté. Pendant ce temps, où ni l'un ni l'autre ne cédait, je souffrais. L'aiguille, aiguisée comme une lame, tranchait ma conscience seconde après seconde et, à chaque fois, les souvenirs me provoquaient des convulsions.

Je ne doutais guère de l'humanité de Han-yeong, de son honnêteté, de sa colère contre l'injustice, et je pensais qu'il n'abandonnerait jamais sa petite sœur de cette manière, sans scrupule. Jamais auparavant je ne m'étais autant efforcée de découvrir ses vertus. Je ne me suis pas seulement rappelé ses bonnes actions, son amour, ses promesses, son intelligence ; je me suis aussi impitoyablement remémoré ses défauts, comme sa laide ressemblance avec une calebasse, ses jambes courtes, ses habitudes alimentaires répugnantes, son bagout et son arrogance. J'ai poussé ses défauts à l'extrême pour le transformer en un homme dépourvu de charme, jusqu'à ce que je conclue qu'il ne pouvait y avoir de femme autre que moi pour être son amante.

J'ai énuméré toutes ses qualités et tous ses défauts : d'un côté glorifiant ses atouts pour me persuader qu'il ne m'abandonnerait pas, de l'autre, dénigrant ses faiblesses pour me convaincre qu'il n'avait nulle part où se tourner en dehors de mon amour.

Bien entendu, j'aurais dû avoir un peu plus de discernement. Han-yeong avait consenti à contrecœur à ma demande de se rencontrer « rien qu'une seule fois ». Pour le montrer, pour exprimer sa fermeté, pour me préparer à la séparation, il avait subtilement reporté notre rendez-vous. Il avait déjà une amante avant notre rupture, et avait prévu de se marier avec elle dès que notre relation serait terminée.

Ce raisonnement et l'assurance que Han-yeong avait joué sur deux tableaux avaient jeté de l'eau froide sur mes sentiments amoureux et sur mes regrets de séparation. Enragée par de telles conclusions triviales, j'avais choisi de chercher refuge dans des théories absurdes plutôt que d'affronter la violence de la raison.

Quand j'ai lu le roman *La Dame de l'anémone* de Ju Yo-seop, où la propriétaire du salon de thé Anémone, qui croit que l'étudiant qui fréquente son établissement ne regarde qu'elle, s'aperçoit que ce regard brûlant se porte en réalité vers un autre objet (le portrait de Mona Lisa), j'ai compris que son choc était semblable au mien. Mais à la différence de Madame Anémone, ma croyance avait été fondée sur les paroles et les actions de Han-yeong, sur des bases solides, pensais-je.

Ce que je prenais pour des gages d'amour – « petite sœur », « meilleur sous le Ciel », « faire l'amour », etc. – n'était pas plus fiable que les regards, la voix et l'attitude de l'étudiant que Madame Anémone prenait pour preuves irréfutables.

Han-yeong et moi, ayant découvert tardivement les plaisirs charnels, avions trouvé que les préservatifs n'étaient pas très efficaces ni très généreux en termes de sensations. Nous avons donc cherché à développer une méthode de contraception différente. Un soir, en nous dirigeant vers un motel après avoir bu, nous sommes tombés sur une pharmacie isolée dans une rue sombre. Nous sommes entrés et avons interrogé la pharmacienne sur la contraception. Elle nous a recommandé une sorte de contraceptif sous forme de pilules que je devais ingérer, et après quelques questions, nous avons acheté une boîte entière. Nous nous sommes séparés avant même d'avoir fini la boîte.

*

Han-yeong est arrivé avec cinquante-cinq minutes de retard. Il s'est excusé poliment, expliquant que son séminaire s'était terminé tard. Ne tenant plus en place, j'étais arrivée une heure plus tôt, j'avais donc attendu deux heures. À ce stade, j'aurais dû comprendre que ce retard et l'annulation du rendez-vous précédent étaient ses tentatives de me tenir à l'écart de sa vie. Mais quand il m'a demandé « Comment allez-vous ? », mes yeux se sont remplis de larmes de bonheur et j'ai baissé la tête.

Nous avons passé un peu plus de trois heures ensemble. Il a insisté pour m'offrir un délicieux dîner, qui était certainement très cher.

Han-yeong avait l'habitude de manger de manière gloutonne. D'habitude, quand il mangeait du poulet frit, son visage était complètement graisseux. Lorsqu'il me parlait avec cette bouche graisseuse, j'évitais de le regarder, de peur qu'il ne se sente gêné que je le voie dans un état aussi peu reluisant. Mais il continuait à me parler, me posant des questions auxquelles je devais répondre, m'obligeant à le regarder. Je faisais de mon mieux pour ne pas fixer le pourtour de ses lèvres ou les morceaux de viande à l'intérieur de sa bouche ouverte. Mais mes yeux étaient constamment attirés par ses lèvres, et j'avais fini par voir sa bouche graisseuse, ses dents encombrées de viande et les miettes de poulet éparpillées sur ses joues. Il parlait passionnément, sans se soucier de moi. Submergée par une colère inconnue, je me retrouvais à fixer sa bouche et je finissais par perdre l'appétit. Petit à petit, tout comme j'avais eu honte de mon père, j'avais désormais honte de Han-yeong.

Mais lors de ce dîner coûteux, Han-yeong a peu mangé. J'ai gentiment insisté, comme il me le suggérait auparavant. Il a obéi à contrecœur, sans entrain, sans se salir la bouche. L'homme de « le meilleur sous le Ciel » n'était plus le même. Pour notre dernier dîner, où il se montrait si poli, je voulais une familiarité qu'il ne souhaitait plus.

Les serveurs du restaurant étaient très gentils. Nous avons quitté le restaurant sous leur escorte et nous sommes dirigés vers un bar à bière. Le visage de Han-yeong dans la rue m'était encore plus étranger. J'avais encore la pilule contraceptive dans mon sac. J'avais parié en l'attendant une heure à l'avance au restaurant. S'il arrivait trente minutes plus tôt, la pilule me serait utile. Mais si son arrivée était proche de l'heure prévue, la pilule oscillerait entre l'utilité et l'inutilité. Mais s'il arrivait en retard... Ma vanité avait refusé cette possibilité. Avec ses cinquante-cinq minutes en retard, j'ai tout perdu, et cette pilule me rendait honteuse. Pour en avoir le cœur net, sur le trottoir, je l'ai interrogé tout de go :

— On dit que vous avez une fiancée ?

Il s'est arrêté d'un coup, non pas sous la surprise d'une accusation insensée, mais plutôt terrifié par quelque chose qu'il ne voulait jamais révéler.

Assis dans le bar, une bière pression devant nous, notre dialogue de sourds entrecoupé de larmes a commencé. Il m'a demandé :

— Comment avez-vous su ?

— Quand allez-vous vous marier ? Bientôt ?

— Est-ce que vous m'avez vu quelque part ?

— Qui est cette femme ?

— Qui vous a parlé de ça ?

— Avez-vous couché avec elle ?

Cette fois, c'est lui qui a secoué la tête, et indépendamment de la vérité, j'étais satisfaite.

— De qui avez-vous entendu parler de mariage ?

— Qui est cette femme ?

— Qui vous en a parlé ?

— Je ne peux pas savoir qui elle est ?

— Dites-moi qui vous l'a dit.

— Une connaissance.

— Qui a raconté ça ?

— C'est si important ?

— Pour moi, ça l'est. Répondez-moi.

— Commencez par me dire qui est cette femme.

Nous avons gardé le silence pendant un moment, mais dès que nous ouvrions la bouche, nous répétions les mêmes questions et les mêmes demandes. Si la première question n'était pas résolue, il semblait qu'aucune autre conversation ne pouvait avoir lieu. La discussion tournait en rond.

Nous nous sommes rendus dans un petit café calme. Autour d'un whisky, nous avons continué à répéter le même dialogue en spirale.

— C'est parce que cette histoire de mariage pourrait être un malentendu. Qui vous a dit ça ?

— Quel malentendu ?

— Il n'y a jamais eu de discussion sérieuse à ce sujet.

— Pourquoi pas ?

— Mais de qui avez-vous entendu ça ?

— Quoi qu'il en soit, il y a bien une femme avec qui vous sortez, n'est-ce pas ?

Soudain, il a éclaté en sanglots.

— Je suis désolé... C'est arrivé comme ça.

— Ça va, ai-je répliqué en pleurant.

Il continuait de pleurer.

— Cette femme... c'est une bonne personne ?
— Vous ne pourriez pas comprendre.
— Ce n'est pas de ça qu'il est question.
— Je suis désolé.
— S'il vous plaît, arrêtez de dire ça.
— Mais, cette histoire... où l'avez-vous entendue ?
— De toute façon, je suis déjà au courant, alors quelle importance ?
— Cette histoire, d'où, de qui la tenez-vous ?
Il serrait et desserrait son poing en parlant. J'ai interprété son geste comme de la colère que quelqu'un ait osé m'informer de cette nouvelle. Soudain, une idée m'est venue.
— Cette femme, est-elle de notre département ?
Il a tressailli.
— Comment avez-vous entendu parler de ça ?
— Je ne sais pas grand-chose.
— Je ne sais pas ce que vous savez, c'est pourquoi je me sens frustré.
— Simplement, j'ai entendu parler de cette histoire.
— Quelle histoire ?
— Juste... cette histoire...
Ivre, le ventre creux, je me sentais affaiblie, et lui se faisait de plus en plus insistant.
— Dites-moi comment et où vous avez entendu cette histoire.
— J'ai juste entendu que vous aviez trouvé quelqu'un et que vous alliez vous marier.
— Qui vous l'a dit ?
— Qu'est-ce que ça change ?
— C'est important pour moi.
— Alors qui est cette femme ?
— Qui vous a dit ça ?
— Pourquoi insistez-vous ? Pourtant, ce n'est ni un mensonge ni une rumeur.
J'espérais qu'il me réponde que tout était un mensonge et une rumeur, mais en vain.
— Alors, parlez. Qui vous l'a dit ?

— Qui est cette femme ?

— Qui est la personne qui vous a parlé de ça ?

Nous avons tous les deux continué à pleurer, chacun de nous frustré par notre curiosité insatisfaite. Larmes aux yeux, épuisée par l'alcool et lasse, j'ai cédé.

— C'est un ami qui me l'a dit.

Il a immédiatement sauté sur l'occasion.

— Quel ami ?

Réalisant mon erreur, j'ai laissé échapper une réponse évasive :

— Quelle différence...

— Que sait cet ami pour dire de telles choses ?

J'étais indignée qu'il mette en doute ma source d'information.

— Alors, cela veut dire que c'est faux ?

— Qu'est-ce que sait cet ami pour vous avoir dit cela ?

— Cette femme, je la connais, n'est-ce pas ?

— Que sait cet ami ?

— Je la connais, n'est-ce pas ?

— Oui... mais comment cet ami le sait ?

Je la connaissais ? Pour connaître l'identité de cette femme, j'ai choisi de dévoiler tous mes secrets.

— C'est Jong-tae qui me l'a dit.

— Jong-tae ?

— Il pensait que je le savais déjà.

À ce moment-là, il s'est tu.

— Alors, cette femme, c'est qui ?

— Il ne vous a rien dit ?

— Il m'a dit qu'il ne savait pas. Qui est-ce ?

Après un moment, il a demandé :

— En apprenant cela... comment vous êtes-vous sentie ?

Comment me suis-je sentie ? Je ne pouvais le dire.

— Vous m'avez haï ?

— Non. J'étais contente pour vous.

— Vraiment ?

— Pourquoi, vous en doutez ?

Me larmes coulaient à flots.

— Vous êtes trop gentille.

— Non. Je ne suis pas gentille.

— Si, vous l'êtes.

Je restais perplexe quant au sens de ce début d'une nouvelle chamaillerie.

— Tout le monde vous aime.

Cette dernière remarque de Han-yeong a neutralisé ma question sur l'identité de la femme. Pour rester la gentille fille que tout le monde aime, je ne pouvais plus continuer mon interrogatoire. Je me suis simplement réjouie de croire comme l'Évangile le fait qu'il n'avait pas couché avec elle.

Quand nous sommes sortis du café, Han-yeong m'a suppliée de le frapper. J'ai résisté de toutes mes forces. Mais une fois de plus, il a gagné. J'ai giflé violemment sa joue, trois fois de suite, comme il le souhaitait. Sa joue et ma main étaient si dures dans le froid de février qu'elles se sont heurtées en un bruit sec, comme deux morceaux de bois.

Il s'est effondré et, une fois au sol, s'est agenouillé sur le trottoir, pleurant à grands sanglots. En le frappant trois fois de suite, je n'ai pas ressenti de douleur mais plutôt une satisfaction inattendue. Prenant goût à la violence, mon corps ne s'est pas contenté de trois petites gifles. À l'aide de la colère qui se déversait en moi, je voulais briser ses genoux, le rendre paralysé, l'attacher à une laisse de chien et le traîner ici et là pour le faire mendier. Comme la mamie d'à côté qui avait placé son mari dans la cour et l'avait aspergé d'eau froide, je voulais le rendre complètement dépendant de moi, incapable de bouger un doigt sans ma volonté. Je voulais avoir le pouvoir de le nourrir, de l'habiller, de le consoler, mais aussi de le rejeter, de le frapper, de l'abandonner, et même de le tuer, selon mes caprices, comme bon me semblerait.

J'avais simplement besoin de posséder son corps, qu'il soit infirme ou cadavre, tant qu'il m'appartenait, c'était suffisant. De ce Han-yeong-là, j'ai tiré de cruels désirs.

Finalement, je l'ai relevé. Il s'est levé docilement.

— Je vais vous raccompagner chez vous.

À ses mots, j'ai tressailli et ajusté mon sac. La pilule dans mon sac était tout aussi surprise que moi. Mais il semblait peu probable qu'il finisse par me proposer d'aller chanter dans un motel.

Cette fois-ci, j'ai refusé son offre avec fermeté. Il a tenté de s'approcher du taxi dans lequel j'étais montée. La profonde tendresse que j'ai vue dans ses yeux à ce moment-là était le chef-d'œuvre final de notre relation. Au milieu de son visage de calebasse, ils luisaient magnifiquement. J'ai un instant hésité à fermer la porte du taxi, mais finalement, je l'ai claquée avec force, tout en souhaitant qu'il me rejoigne. Il restait là, figé, et le chauffeur de taxi, tel un rival, s'est empressé de démarrer.

Lorsque j'ai laissé Han-yeong sur le bord de la route, j'ai finalement saisi le dénouement de mon histoire amoureuse.

C'est donc fini…

Tout est fini…

Mon amour s'est terminé comme l'azalée qui tombe. J'ai jeté la pilule dans la poubelle de l'immeuble. Comme toujours, mon père était là, dans l'appartement sombre et oppressant. Il était allongé, ivre, sur le vieux canapé et chantait à tue-tête :

— Portez-vous bien ! Mont Yudal ! Demoiselles de Mokpo ! Agitez au moins vos mouchoirs !

Les yeux gonflés et secs, la bouche pincée, je l'ai fixé d'un regard noir, lui qui n'avait d'un père que l'apparence.

Je suis entrée dans ma chambre et j'ai fouillé les tiroirs de fond en comble. Puis je suis retournée dans le salon, et debout devant mon père, j'ai crié de toutes mes forces.

— Père ! Où sont les ciseaux ?

DERNIÈRES SCÈNES

Demain matin, je déménage. Presque tous mes cartons sont prêts. Je remplis deux boîtes d'objets à jeter. L'une est déjà pleine de tas de papiers. Ce sont des rapports et des résultats de projets que j'ai rédigés au laboratoire. Cela ne semble plus important maintenant, mais je vérifie quand même qu'il n'y ait pas de documents confidentiels.

Après ma rupture avec Han-yeong, j'ai couru partout pour éviter de rester avec mon père. Je n'ai jamais été aussi occupée de toute ma vie. Je travaillais avec ardeur dans de petits jobs étudiants pour économiser de l'argent, j'étais dès que possible présente à plein temps au laboratoire et j'avais pris en charge la majorité des projets de notre division. Je passais des nuits tardives au laboratoire à préparer des rapports pour le comité de direction, des plannings pour la division, et à organiser des programmes de formation pour les nouveaux membres. Je copiais et distribuais des centaines de brochures pour des conférences, j'affichais des annonces, je nettoyais le sol, lavais les tasses et, quand il me restait du temps, je m'amusais avec les rapports inachevés. Sur l'un des rapports d'assemblée mensuelle que je tiens en main se trouvent les post-scriptum que j'ai ajoutés comme une gamine.

Membres absents de l'assemblée mensuelle – Hwang Jeong-gi, Raison : Trouble de mariage.

Membre parti tôt – Sim Yu-jeong, Raison : Maladie contagieuse (Grippe de Bangkok type A).

Membre n'ayant pas apporté le document de discussion – Cheon Yeong-suk, Raison : Pauvreté.

Membres restés jusqu'à la fin – Tous les autres, Raison : Ennui et timidité.

Sur un autre document est écrit un texte humoristique sur un de nos membres, Hwang Jeong-gi, qui avait surmonté son célibat et s'était enfin marié, mais qui avait refusé l'un des gages traditionnels des mariages – se faire flageller la plante des pieds – lors du repas des noces.

Notre département, après de grands efforts, a enfin vu un de ses membres mariés. Ce membre, qui avait souvent bien peiné ses collègues à cause de son hystérie et de son trouble du célibat, a fini par provoquer l'indignation générale le jour de son mariage en refusant de se soumettre au jeu traditionnel. Camarades ! Le refus du marié de se faire traditionnellement taper la plante des pieds laisse une tache indélébile sur la splendide histoire de notre organisation.

Nous exigeons explications et pots-de-vin !

Épuisée par de telles facéties et tâches administratives, je traînais le soir mon corps lessivé jusqu'à la maison, en veillant à ne pas trébucher. Je n'avais aucune préoccupation pour le plafond ou le ciel au-dessus de ma tête. Tout ce qui comptait, c'était que mes genoux ne flanchent pas.

Je dépose une boîte de documents à jeter à l'entrée et, en regardant une seconde boîte vide, j'allume une cigarette. J'hésite. Je ne me suis pas encore occupée des derniers objets à jeter. Comme toujours lorsque j'ai une décision difficile à prendre, je m'échappe. Comme mon père qui passait son temps enfoncé dans le vieux canapé, je m'allonge dans mon lit et je paresse. Le plafond me fait face, il s'ouvre et se ferme comme une porte à chaque clignement de mes yeux. Mon père a passé huit ans à contempler le plafond de cette manière, pratiquant la méditation, et, après une longue période, il a ouvert le mur et s'en est allé.

*

Mon père, que je voyais passer le reste de sa vie à chanter des chansons dans notre petit appartement, s'est un jour soudain levé résolument du canapé. Il est sorti à grands pas et a trouvé un travail. Quand je m'étais rendue à l'agence de recrutement, j'avais eu envie d'accomplir le travail le plus vil au monde ; j'avais cependant dû abandonner ce désir, car personne ne voulait de quelqu'un de mon acabit. À la fin de sa vie, mon père l'a rencontré par hasard.

Comme un roi retrouvant son trône, mon père se pavanait en travaillant comme agent d'entretien dans un parc public. Ma mère ne voyait pas du tout d'un bon œil les appels des collègues nettoyeurs de mon père. Cela faisait longtemps qu'elle ne lui parlait plus directement. Quand elle décrochait le téléphone à sa place, même si mon père était tout près, elle ne lui passait jamais directement le combiné, mais le posait brusquement et criait dans le vide.

— Mi-ok ! Dis à ton père que c'est pour lui.

Notre situation financière s'aggravait et notre appartement était aussi exigu qu'une cosse de haricot. Dans cet espace, je n'avais pas besoin de jouer le rôle de messager. J'ai moi-même répondu à quelques appels pour mon père, et l'homme de l'autre côté avait toujours la langue qui fourchait.

— Allo, est-ce la maison de monsieur Son, monsieur Son ?

Pour ma mère, cette voix vulgaire et ignoble était source d'horreur, mais pour mon père, c'était la voix du salut. Comme un chien, bête et obstiné, qui avait commis une faute qui répugnait son maître, sans pouvoir cacher sa joie en remuant la queue, et qui ne se rendait pas compte que cette attitude était pire, mon père répondait au téléphone avec une mine tout à fait radieuse.

— Allo, chef d'équipe ?

Ce chef d'équipe des agents d'entretien, très certainement tout aussi répugnant que sa voix, avait l'habitude de l'alimenter en alcool. Mon père sortait dès qu'il recevait son appel. Pour ma mère, qui éprouvait une haine viscérale pour ce chef d'équipe qu'elle n'avait jamais rencontré, ces sorties lui rappelaient les beuveries nocturnes. Ses « Je ne rentrerai pas tard » ou « Papa revient tout de suite » étaient toujours suivis de regards furtifs et du bruit sourd d'une porte se fermant. Mais mon père était inflexible. Il était clair qu'il avait cultivé la voie avec fermeté en méditant vers le plafond durant sa période de chômage. Au début, il avait refusé la place, la plus méprisable, que les membres de la maisonnée lui avaient assignée, mais au fil des huit années passées tel un vieil animal décharné, il s'était naturellement habitué à cette place.

Dès qu'il a commencé à travailler au parc public, la situation s'est améliorée : il se déplaçait tous les jours, et les occasions de se saouler jusqu'à la folie étaient devenues plus rares. Mon père, qui se vantait d'être un chef cuisinier, a trouvé un nouvel intérêt à faire lui-même le marché dès qu'il avait un peu d'argent. Ma mère imposait un régime végétarien à mon père et moi, cela faisait des années qu'elle avait arrêté de préparer des mets à base de viande. Pour mon père, cette table ascétique de ma mère était beaucoup plus douloureuse que le mépris ou les mauvais traitements.

Pendant un moment, mon père a acheté divers légumes pour ma mère, mais elle, qui détestait tout ce qu'il touchait, trouvait toujours à redire sur les légumes, les algues fraîches et les champignons qu'il ramenait ; elle ne les utilisait jamais pour cuisiner, alors comme tout mari mal compris, mon père était furieux et a laissé tomber l'idée d'acheter des légumes. Lorsqu'il recevait son salaire, il prenait les ingrédients nécessaires pour les mets d'accompagnement, puis les cuisinait à la sauce soja ou les faisait sauter avec de la pâte de piment. Il achetait quelques kilos de porc et un peu de bœuf, qu'il stockait dans le congélateur pour les cuisiner discrètement les nuits où ma mère, qui détestait l'odeur de la viande grillée, était au monastère. Il n'oubliait pas d'acheter un poulet entier afin de préparer du bouillon de poulet, avec des os.

Oh, le bouillon de poulet…

Je me lève de mon nid. Pour ma dernière célébration dans la chambre humide, je sors faire les courses.

*

Devant un étal du marché tenu par un homme d'âge mûr et sa fille d'environ dix ans, je m'arrête. Côte à côte, tous deux occupent leurs planches à découper, grande et petite. Comment sera-t-il quand il vieillira, et que deviendra-t-elle quand elle grandira ? En achetant un jeune poulet que la fillette a soigneusement vidé, je projette amèrement sur eux la relation entre mon père et moi.

Imaginons qu'il était une fois un roi solitaire. Ce roi avait une fille. Il l'a élevée avec tout son amour et son dévouement. Le roi aimait sa fille, et sa fille aimait son père. Mais une méchante nourrice, une tante ou une belle-mère s'immisce entre le roi et la princesse et brise leur relation. La princesse, dupée par sa ruse, commence à s'éloigner de son père et à se livrer à des actes honteux, sans hésiter à entrer dans des habitudes vicieuses. Le vieux roi, doux et timide, s'inquiète de l'avenir et du bonheur de sa fille, désirant la séparer de la nourrice ou des autres méchantes, mais la fille, loin de la repousser, se joint à elle pour se moquer et humilier son père. Le roi, trop bon et faible pour intervenir, tombe gravement malade. Son royaume prospère devient un désert, et le roi meurt de chagrin, incapable de surmonter sa maladie. Après la mort du roi, la princesse prend conscience de tout…

Le soleil printanier tape plutôt fort. Le sac de poulet dans une main, je transpire en grimpant la montée. Après avoir conquis la dernière pente, mon cœur est sur le point d'éclater. J'aperçois la chambre humide où j'ai vécu pendant deux ans. Ici commence le problème : de quoi la princesse prend-elle conscience ?

Si nous étions dans une tragédie antique, la princesse devrait profondément regretter ses péchés après la mort du roi. Elle tuerait les méchantes femmes d'un coup d'épée et vengerait son père, puis elle devrait se crever les yeux ou se couper les pieds, ne pouvant supporter son sentiment de culpabilité. La tragédie se terminerait par une condamnation morale basée sur une dichotomie du bien et du mal.

Mais en entrant sur la scène après avoir ouvert ma porte de verre sablé, j'ai envie de jouer la piété filiale de manière plus avant-gardiste. *À la recherche du temps perdu* propose une tout autre version de la prise de conscience d'une fille après la mort de son père. Mlle Vinteuil, fille unique d'un musicien obscur qui s'est entièrement consacré à son éducation, est assise au milieu de sa chambre, la mine candide et habillée de ses vêtements de deuil…

Je sors le poulet de son sachet, le lave soigneusement et le place dans une casserole. La casserole que j'ai achetée il y a une semaine s'avère très utile, car le poulet y tient parfaitement. J'installe le poulet, docile, dans la casserole puis ajoute de l'eau et une poignée d'ail. Lorsque le poulet commence à bouillir, une odeur distincte se répand dans l'air humide. Je réduis le feu et laisse longuement mijoter.

Quand ma mère traitait mon père avec respect, elle faisait mijoter un poulet entier et lui servait les deux cuisses sur un plateau. La façon dont elle apportait les cuisses montrait le raffinement de l'épouse dévouée.

Le reste était utilisé pour faire de la bouillie de riz au poulet. Assise sur les genoux de mon père, je dévorais la viande qu'il me donnait, suscitant l'envie et peut-être les larmes de mes cousins sans père. En me nourrissant, il donnait toujours à ma mère ces instructions précises :

— Garde quelques os, c'est seulement comme ça qu'on obtient un vrai bouillon de poulet.

Moi aussi, j'ajoute dans la casserole les os de poulet nettoyés, avec du riz gluant, et je laisse bien mijoter. L'eau de la casserole déborde légèrement, faisant un bruit irrégulier semblable à celui des roues d'une charrette. À mes oreilles, j'entends la voix de mon père demander ce que trafique sa benjamine, ainsi que la voix de la préceptrice de Mlle Vinteuil descendre de la charrette. Moi et Mlle Vinteuil sursautons.

Cette préceptrice était la partenaire sexuelle de Mlle Vinteuil, et la source de l'anxiété de son père, un homme timide qui ne connaissait que sa fille et la musique. Mlle Vinteuil, tout en ayant connaissance de la souffrance de son père, s'est abîmée dans les plaisirs saphiques avec elle. Cependant, naturellement douce et timide comme son père, elle ne pouvait se livrer à ces plaisirs lesbiens sans se parer d'un masque de froideur et de cruauté.

On dit que les danseurs masqués du *talchum*[1] inclinent la tête à quinze degrés lorsqu'ils dansent. Ils le font pour que la lumière du feu autour duquel ils dansent mette en valeur leur masque. Le masque, éclairé par le feu, scintille magnifiquement. Pour Mlle Vinteuil, cette lumière était son père.

Tant qu'il était en vie, Mlle Vinteuil s'était plongée dans le plaisir avec délices. Mais maintenant qu'il est mort, que le feu s'est éteint, que la danse est terminée, n'est-elle plus capable de s'adonner aux plaisirs interdits avec la préceptrice ?

---

1. Le *talchum* est une danse masquée traditionnelle trouvant ses origines dans le chamanisme coréen.

Lors d'une nouvelle rencontre avec la préceptrice, Mlle Vinteuil se précipite pour prendre la photo de son père qui était sur le piano et la placer près du canapé. Lorsqu'elle entre dans la pièce, Mlle Vinteuil crée une subtile ambiance de séduction. Le baiser soudain de la femme sur l'encolure de sa robe de deuil est le signal pour que les deux commencent de bruyants ébats autour du canapé, la photo du défunt juste devant elles. La préceptrice ne remarque pas la photo du défunt, alors Mlle Vinteuil, agacée, la lui montre en l'avertissant que la photo de son père les observe. À ces mots, la préceptrice jette un coup d'œil à la photo du défunt et le traite de manière désobligeante, l'appelant « vilain singe » et « vieille horreur », des insultes indicibles. Puis elle murmure quelque chose à l'oreille de Mlle Vinteuil, qui frissonne en un désir ardent. Elle répond à la préceptrice par un « Oh ! Tu n'oserais pas ». La préceptrice rit narquoisement.

— Je n'oserais pas cracher dessus ? Sur ça ?

Trahir un père vivant est une chose, mais trahir un père décédé est une perversion encore plus terrifiante. Mlle Vinteuil revêt alors le masque de perfidie le plus éclatant jamais porté. Profaner la mémoire de son père est le plus vil des actes au monde.

Contrairement aux tragédies classiques, chez Mlle Vinteuil, la piété et les actes courent dans des directions opposées. En plaçant délibérément la photo de son père là où elle s'apprête bientôt à coucher avec la préceptrice, Mlle Vinteuil exprime son amour sincère en causant une profonde douleur. Sans elle, il n'y a pas de plaisir. Imaginer son père souffrant et humilié dans ce processus, le plaçant au centre de son plaisir, voilà la déclaration d'amour ardente de Mlle Vinteuil à son père défunt.

*

Mon père ne versait pas un sou à ma mère, mais il me donnait chaque mois de l'argent de poche. Le salaire d'un agent d'entretien n'étant pas très élevé, une fois les dépenses mensuelles pour la nourriture, le tabac et les frais de transport déduits, il ne restait pas grand-chose pour son propre alcool. Lorsqu'il a sorti cinq billets neufs de dix mille wons de sa première paie, j'ai été tellement choquée que j'ai refusé. De peur d'être rejeté, mon père a caché sa timidité sous une expression sévère.

— C'est l'argent que ton père a gagné ! C'est ton père qui gagne de l'argent pour te le donner !

Intimidée par sa ferveur, j'ai accepté. De toute façon, j'avais besoin d'économiser.

Mon père buvait un jour sur deux, donc environ la moitié du mois, il rentrait tard, avec une démarche irrégulière. Lorsqu'il était légèrement éméché, ouvrir la porte de l'appartement lui prenait un certain temps. On pouvait entendre le bruissement des sacs en plastique se froisser, et la clé qui peinait à entrer dans la serrure. Ma mère ouvrait juste un peu la porte de la chambre et, à travers l'entrebâillement, scrutait rapidement mon père haletant sous l'effet de l'alcool, et fermait d'un coup sa porte comme pour l'effrayer.

— Ça va pas ! Pourquoi tu fais ça ?

Mon père marmonnait son mécontentement puis déclarait inlassablement.

— Garces ! Moi, Son Jae-u, je ne suis pas encore mort !

Les mains de mon père tremblaient lorsqu'il ramassait les courses éparpillées ici et là. Il mettait la viande dans le congélateur, les ingrédients pour les mets d'accompagnement dans le réfrigérateur, et accrochait les sachets d'épices au mur de la cuisine. Il jurait, mais ses jurons n'avaient aucun sens. La porte de la chambre s'ouvrait puis se refermait de nouveau d'un coup. On entendait la basse lamentation de ma mère semblable à un soupir profond émanant du fin fond d'une caverne. Elle récitait sans cesse des soutras comme le *Soutra du*

Cœur ou le *Soutra d'Avalokiteshvara*, tandis que mon père, comme hypnotisé par ses propres jurons, répétait sans cesse les mêmes mots :

— Garces, maudites garces ! j'vous dis que j'suis pas encore mort, les garces ! Garces, satanées garces ! Moi, Son Jae-u, je ne suis pas encore mort ! Garces, satanées garces !

Ces quelques mots hantaient mon père comme des fantômes, alors que dans la chambre, on entendait le bas murmure de ma mère récitant ses prières. Les marmonnements distincts de mes parents remplissaient l'appartement dans une ambiance oppressante. Trente minutes plus tard, l'appartement devenait silencieux. Je ne savais pas qui s'était arrêté en premier, mais mon père s'endormait dans le salon, ma mère dans la chambre, chacun haïssant l'autre. Moi aussi, dans ma propre chambre, je les détestais tout autant, puis je m'endormais.

Il y a deux ans, j'ai réussi à économiser juste de quoi louer une chambre et j'ai emménagé dans la chambre humide. Même après mon déménagement, mon père a insisté pour continuer à me donner de l'argent de poche, alors je me rendais une fois par mois à l'appartement pour le recevoir. À chaque fois, ma mère me faisait la longue liste des griefs qu'elle avait accumulés contre mon père. Elle se plaignait qu'il continuât obstinément d'utiliser l'expression « Garces » au pluriel. Et il assumait son travail de balayeur, ce qui exaspérait ma mère.

Je m'asseyais sagement devant mon père. Alors, comme à son habitude, il me racontait ses histoires d'agent d'entretien.

— Tu sais, d'ici, je prends le premier bus 40, quand j'arrive il est même pas 5 h 00. Je descends du bus et fais tout le tour du parc. Après avoir fait un tour, c'est pile-poil l'heure d'ouverture du kiosque. La fille du kiosque connaît le café que j'aime et m'en sert juste à temps. C'est mon café du matin.

Quand je grommelais que le café n'était pas un vrai petit-déjeuner, mon père s'empressait de nier.

— Qu'est-ce que tu racontes ! Le café n'est pas mon petit-déjeuner ! Il y a une pièce pour les travailleurs à part dans le parc, et un peu après huit heures, j'y vais me préparer des nouilles instantanées. Tu sais bien que ton père est un chef cuistot, non ? Je coupe des poireaux, verse un œuf, et me fais un bon ragoût de nouilles instantanées épicées, c'est ça que je prends pour petit-déjeuner.

Je ne pouvais m'empêcher de rire en pensant au chef d'équipe qui devait manger ces nouilles bien gonflées que mon père prétendait être « un ragoût ». Quand venait la saison des pique-niques, il se plaignait d'être tellement fatigué qu'il n'avait même pas le temps de boire. Il critiquait particulièrement les écolières qui, au lieu de simplement laisser leurs déchets pour qu'il les ramasse, les déchiquetaient en petits morceaux, le forçant à ramasser en se baissant plusieurs fois. Il disait qu'il n'y avait rien de plus adorable que les petits enfants, car ils ne jetaient jamais leurs mouchoirs en papier.

— J'ai mon propre sac à déchets, tu sais. Un sac où je ramasse les ordures. J'ai écrit dessus une phrase en chinois classique, une expression bien distinguée : « Faire tout ce qu'homme peut et attendre la volonté du Ciel. » Tu sais ce que les dames disent quand elles me voient ? « C'est le monsieur classe ! C'est le monsieur classe ! »

Ma mère n'avait pas informé les membres de sa famille que son mari était agent d'entretien, c'est pourquoi elle détestait qu'il se vante partout de son travail sans s'en sentir embarrassé.

*

Un soir, alors que je rentrais avec mon argent de poche dans ma chambre humide, je suis tombée sur Su-jin par hasard dans la rue du quartier des chambres étudiantes. En plein milieu du chemin, des jeunes saouls formaient un cercle en chantant et agitaient le poing, et deux trois couples étaient assis sur les marches d'un bistrot en chuchotant. Su-jin et moi avons tourné dans une ruelle vers un petit café qu'autrefois nous fréquentions.

Su-jin a bu une grande gorgée. Son visage rude et marqué par l'âge, surtout autour des yeux, semblait crispé d'un air nerveusement méprisant. Mal à l'aise, j'ai fumé une cigarette.

— Tu allais où comme ça ?

— J'allais voir un groupe de chant.

— Un groupe de chant ?

— Oui.

Évitant de croiser nos regards, nous restions silencieuses. Elle a allumé une cigarette et posé une question saugrenue.

— Mi-ok, tu te souviens du discours de soutien que tu avais prononcé pour moi autrefois ?

— Le discours de soutien ?

— C'était au second semestre de la première année, non ?

Elle me fixait du regard.

— Ah, oui !

Su-jin s'est mordu la lèvre inférieure et a ricané. On aurait pu croire qu'elle allait fondre en larmes. Ses yeux ont rougi. C'est vrai que cet évènement était impossible à oublier.

Après l'activité agricole d'été, aspirant à devenir une étudiante impliquée, j'avais accepté de rédiger le discours de soutien de Su-jin, qui se présentait comme déléguée des nouveaux étudiants. Su-jin, déjà membre d'un groupe de chant, possédait une voix sublime. J'avais décidé de mettre pleinement en avant cette caractéristique. En réponse à la candidate adverse qui se présentait sous la bannière du mouvement féministe, notre stratégie était d'insister sur les mouvements culturels. Lasse de rédiger un discours plein de louanges superficielles, j'ai décidé de faire une plaisanterie. Peut-être bien que mon goût pour les blagues dans les rapports officiels avait commencé là. J'avais prévu un incident où, en déclarant « soutenir le succès vocal de la candidate Jeong Su-jin comme la ressource culturelle précieuse de notre département », je prononçais par erreur « sexe oral » à la place de « succès vocal » avant de me corriger, comme s'il s'agissait d'une erreur. Bien que la camarade en charge de l'élection eût été horrifiée par cette idée, de notre côté, nous avons décidé de continuer avec ce plan. Avant le discours, malgré les menaces du comité électoral pour que je modifie le texte, j'ai fièrement déclaré que je le prononcerais tel quel, recevant même les applaudissements de nombreux étudiants qui ne comprenaient pas la situation. Mais le problème est survenu au moment de faire le jeu de mots.

— Tous ensemble, soutenons le sexe oral de la candidate Jeong Su-jin…

Après avoir lu jusque-là, j'avais l'intention d'attendre quelques secondes la réaction du public avant de me corriger prestement « Non, le succès vocal… ». Mais je m'étais sentie terriblement embarrassée en prononçant « sexe oral ». Ce qui semblait être un simple jeu de mots lorsque je l'avais à l'écrit, « succès vocal » et « sexe oral », s'est avéré être une énorme erreur, une erreur irréparable une fois prononcée. « Le sexe oral de la candidate Jeong Su-jin » et « le succès vocal de la candidate Jeong Su-jin » ne se limitaient pas au seul fait d'avoir une petite différence de prononciation. Je m'en étais rendu compte à l'instant où je l'avais prononcé. Ma prononciation de « sexe oral » s'était bizarrement allongée et diluée en bouche, ce qui avait donné un « seeeexe », beaucoup trop réel. Embarrassée, j'avais continué à lire mon discours d'une voix précipitée.

— Non, le succès vocal en faveur des ressources culturelles…

Avec cette plaisanterie, j'avais espéré que l'audience éclaterait de rire et passerait à autre chose. Mais quelques étudiants assis à l'avant avaient commencé à ricaner, ce qui a entraîné des questions sur ce qui avait été dit, ensuite les murmures de ceux qui n'avaient pas entendu, puis des éclats de rire étranges s'étaient répandus, suivis de questions répétées et d'exclamations de surprise et d'indignation : « Elle a dit quoi ? — Sexe oral à la place succès vocal. — Tu dis qu'elle a dit quoi ! — Sexe oral, je viens te dire. — Sexe oral ? Oh là là ! » Personne n'était intéressé par le reste de mon discours, que je lisais à la hâte, qui s'est déroulé dans un chaos de cris et de rires désagréables. Su-jin a perdu l'élection, et j'ai décidé de ne plus jamais faire de blagues sur le sexe en public.

— Rien que d'y repenser, j'en pleure de rire, Mi-ok.

Su-jin a essuyé les larmes qui avaient coulé le long de ses joues. Je me suis un instant rappelé ma première rencontre avec elle ; dans la petite pièce du bistrot étudiant, elle avait creusé sans pitié le creux de sa main avec l'ongle de son pouce au point que sa paume avait pris une teinte rouge vif. Avait-elle vraiment saigné à ce moment-là ? Trop saoule, j'avais très probablement mal vu, mais parfois la vérité n'est pas la mesure la plus importante. Quoi qu'il en soit, Su-jin avait enfoncé le clou de la blessure dans sa propre paume, telle une Christ crucifiée. C'était le signe qu'elle portait une blessure qu'elle ne pouvait dissimuler. Sa voix a résonné :

— Ils m'en ont reparlé encore aujourd'hui quand ils m'ont fait chanter.

— Ils ont dit quoi ?

— Vérifions si ton sexe oral est toujours mérité.

Su-jin et moi avons éclaté de rire, puis avons décidé de sortir du café. Alors que l'on se serrait la main, Su-jin a continué à bien agiter la mienne comme si elle venait de se rappeler quelque chose.

— Tu sais Mi-ok, je n'étais pas du tout au courant.

— Quoi ?

— Que toi et Han-yeong étiez séparés.

J'ai été surprise par ces mots inattendus.

— Ah, ça ? C'est une vieille histoire. Ça fait un an à peu près, non, même plus que ça…

— C'est vrai ? Je ne savais pas du tout.

— Maintenant, il doit déjà être marié.
— Oui, il s'est marié le mois dernier.
— Le mois dernier ?
— Je l'ai appris récemment moi aussi.
— Pourquoi ils ont attendu si longtemps ?
— Il paraît que la famille de Mi-hye s'y est beaucoup opposée.

Les pires pressentiments sont toujours les plus justes. Je venais d'apprendre non seulement la raison du retard du mariage de Han-yeong, mais aussi l'identité de la femme qu'il avait épousée, celle que je voulais tant connaître. Après avoir dit au revoir à Su-jin, en montant en direction de ma chambre humide, j'ai ressenti une profonde gratitude envers Jong-tae et Han-yeong qui, jusqu'au bout, n'avaient pas répondu à mes questions incessantes sur la mariée. À l'époque, j'étais comme un enfant impatient de jouer avec un couteau, désespéré de confirmer aussi vite que possible une funeste situation. Ils savaient, mes vieux amis, que j'avais besoin de temps, que c'était le seul moyen de réduire ma souffrance. Merci à eux.

Cigarette à la bouche, j'ouvre un tiroir et j'en sors une épingle à cheveux en forme de fleur ainsi qu'une grande enveloppe. Dans l'enveloppe, il y a environ soixante-dix lettres envoyées par Han-yeong, toutes solidement liées par une ficelle. Deux ans auparavant, je n'avais pu me résoudre à les jeter et les avais emportées dans cette chambre humide. Je défais la ficelle. Les lettres sont collées par la moisissure. Je mets le paquet de lettres tel quel dans la boîte vide et place l'épingle à cheveux à côté. Tout ce qui était lié à Han-yeong est devenu rouillé et couvert de moisissure. La chambre humide a fait le ménage des choses dont je n'avais pu me débarrasser moi-même.

*

Mon organisation a commencé à montrer des signes de division majeure, et finalement, environ un tiers des membres ont été expulsés, selon la décision du comité central. Jong-tae et moi en faisions partie. La raison de l'expulsion était que notre groupe avait diffusé des idées anarchistes au sein de l'organisation et comploté pour sa destruction. Certains membres de notre laboratoire étaient même soupçonnés d'être des infiltrés d'autres partis politiques.

La division a commencé de manière similaire à celle d'un couple, qui pense marcher ensemble et se rend soudain compte qu'il se trouve sur un terrain qui se fissure rapidement sous ses pieds. Il y avait déjà des fissures entre eux, mais celles-ci se sont élargies sous l'effet de certains catalyseurs extérieurs. Face à un gouffre soudainement béant, aucun des deux côtés n'a tendu la main ou fait un saut vers l'autre. C'étaient les vrais dessous de la division.

Le jour où nous avons été expulsés, je me suis rendue au restaurant de soupe du marché avec les autres. L'homme aux cheveux blancs et celui d'une quarantaine d'années, qui gardaient toujours l'entrée, étaient étrangement absents. Juste à quelques pas de l'entrée de cette ruelle, où l'odeur des têtes de cochon était habituellement forte, se tenait une femme aux traits familiers qui portait un enfant. Un cri de surprise s'est échappé d'entre mes lèvres. Cela faisait bien près de dix-huit ans, j'ai pourtant reconnu Min-ja, la peste de l'école, et elle m'a reconnue aussi. Elle tenait son bébé, avec toujours l'aspect rond et plutôt ingrat de ses jeunes années.

Par politesse, j'ai légèrement touché le bébé qui semblait être l'alter ego de sa mère puis je me suis préparée à lui dire au revoir. Mais Min-ja ne voulait pas me laisser partir.

— On ne peut pas se séparer comme ça après tout ce temps ! Au fait, tu as des nouvelles des autres ?

— Non, pas du tout.

À ma réponse, Min-ja a soudainement demandé :

— Tu te souviens de Yun-a ? La fille aux yeux ronds et à la peau blanche.

— Ah, Seok Yun-a ?

— Oui, Seok Yun-a ! Tu sais, elle est passée à la télévision ! Quoi, tu ne sais même ça ! Je t'ai contactée plein de fois, mais tu n'es jamais venue aux réunions des anciens élèves. Elle a été une vedette de la télé. Min Yun-a, c'était son nom de scène. Tu sais que son vrai nom de famille est pas terrible, hein ?

J'ai ri. « C'est quoi ce nom de famille ! Il est nul ! Nul ! » semblait résonner dans mes oreilles.

— Yun-a, tu sais, elle est au Japon maintenant. Elle fait carrière là-bas. Elle était toute jolie, tu te souviens ?

— Oui, elle était belle.

Je me suis souvenue d'elle, suspendue à la barre fixe sans soutien-gorge, dévoilant ses seins pâles et ronds tout en jacassant à propos des hommes et des baisers. Si les goûts avaient une nationalité, Yun-a aurait très bien pu être japonaise.

— Et tu te souviens de Pak Hae-su ? La déléguée de classe. Tu étais proche d'elle, non ? Elle s'est suicidée, tu sais ?

— Quoi ?! Quand ?

— Oh, mon Dieu, c'est une vieille histoire... ça doit faire au moins cinq ou six ans.

— Pourquoi elle s'est suicidée ?

— Elle a sauté dans le fleuve Han.

— Mais pourquoi ?

— C'est compliqué. Il paraît que sa famille avait fait faillite. C'est pour ça qu'elle est allée dans un lycée professionnel, tu sais ? Elle n'a pas pu aller à l'université et a fini par travailler à l'usine. C'était une sorte de suicide de désespoir, quoi.

— Suicide de désespoir ?

— Tu sais, à cause d'un échec amoureux ou quelque chose dans le genre.

— Amoureux ?

— Hae-su était assez exubérante, elle voulait toujours t'embrasser, non ? Comme elle était plutôt ouverte...

— D'où tu tiens cette histoire ? Qui t'a dit ça ?

Min-ja n'a pas parue déconcertée par ma méthode d'interrogatoire héritée de Han-yeong. Elle m'a avoué avoir entendu cette histoire d'une amie ancienne camarade de classe de Hae-su au lycée qui fréquentait la même église. Elle avait assisté à ses funérailles, sa mort était donc bel et bien vraie.

— Mais pourquoi parles-tu de relation amoureuse ?

— En fait, quand je lui ai demandé pourquoi elle s'était suicidée, elle m'a dit que c'était compliqué d'en parler. Une fille de 24 ans qui se suicide, c'est évident, non ? Sûrement à cause d'un homme, quoi.

Je ne pouvais et ne voulais pas croire les suppositions de Min-ja. Semblant remarquer mon air perplexe, Min-ja, tout en berçant son enfant, a ajouté :

— Et même si ça ne concernait pas un homme, vivre devait être difficile pour elle.

Sur cette conclusion, nous nous sommes séparées en nous saluant. Je me suis souvenue de Hae-su qui s'était levée de son siège et avait chanté « Nous vaincrons » à l'église. Elle devait travailler déjà à l'usine à cette époque. Je me suis rappelé ma brève expérience là-bas, ainsi que la jeune fille frêle et ridée qui apprenait de la boutonneuse comment coudre des boutons. Je n'arrivais pas à croire que Hae-su était morte, qu'elle avait sauté dans le fleuve avec des joues imbibées de larmes pareilles à des taches de rousseur.

J'ai continué mon chemin jusque dans le bistrot, Jong-tae m'a attrapée et m'a tirée dehors. Il a regardé mes yeux, rouges de larmes.

— Il faut y aller, Mi-ok !

— Où ? Je veux juste boire un peu.

— Tu ne peux pas.

— Je me sens mal. J'ai besoin de boire.

— Je sais. Mais tu ne peux pas, Mi-ok. Je vais t'accompagner. Allons-y ensemble.

— Où ça ?

C'est alors que Jong-tae s'est rendu compte que je n'étais pas au courant et a affiché une expression embarrassée.

Comme lorsqu'il avait fait allusion au mariage à venir de Han-yeong, il était confus.

— Mi-ok... Ton père a eu un accident de voiture ce matin.

Il a ajouté qu'il pensait que je le savais. Un membre de l'organisation avait reçu un appel au laboratoire et avait contacté le restaurant ; comme je m'y faisais attendre, mes camarades avaient pensé que j'étais déjà en route pour l'hôpital. Je sentais que ma mâchoire tremblait.

— Comment va-t-il ?

Jong-tae, toujours hésitant et indécis, a gardé le silence. J'ai attendu l'écho de sa voix dans mes oreilles.

— Il... il est mort sur le coup.

*

Après les funérailles, j'ai refusé de revenir habiter avec ma mère et je suis rentrée dans ma chambre humide. Je voulais entrer dans le monde des choses absentes de ma vie, soit le monde de la mort.

Ce jour-là, ivre, j'ai titubé jusqu'à ma chambre et suis montée dans mon nid pour une dernière masturbation. Ma main gauche caressait mon sein droit. Mon index droit s'enfonçait à l'intérieur de mon sexe. À l'instant où la douceur de la chair intérieure enveloppait mon doigt, des sons de chansons humides, comme une fine pluie, mouillaient mes oreilles. Mes glandes commençaient lentement à s'ouvrir, et j'attendais l'arrivée du plaisir. Ma peau devenait brûlante, et la sueur s'évaporait instantanément. Des grains de sel fins comme des pointes d'aiguilles crépitaient et piquaient ma peau. J'ai légèrement contorsionné mon corps, endurant une soif intense et la nausée, pour chercher à atteindre le sommet. Pourtant, à travers les interstices du plaisir qui arrivait lentement à cause de l'ivresse, s'est infiltré soudainement le désir inopiné de voir la personne qui avait tué mon père. Le désir intense de voir quelqu'un, quelqu'un qui était devenu mon ennemi juré, a commencé à me consumer : ce désir impérieux, cette nostalgie impulsive de le voir, s'est propagé au gré de mes déhanchements.

Crépitant, mon corps nu a silencieusement invoqué mon père décédé. Le visage de mon père lors de sa toilette mortuaire était dur et blanc comme du plâtre. Je ne sais pas si c'était à cause de l'alcool utilisé pour la désinfection ou si c'est la couleur naturelle du visage des morts, mais mon père gisait avec un visage pâle, non, plus que pâle, d'un blanc immaculé comme s'il avait été enduit de farine. Sur son front gauche, où il avait dû saigner abondamment, mais où le sang avait été soigneusement nettoyé, ne restait qu'une marque rouge et distincte. Bien que légèrement recouverte par ses cheveux argentés, cette marque cruellement visible, intense et profonde car elle n'était pas exagérée, était la seule chose qui tranchait avec son visage calme et blanc. C'était une expression paisible que je n'avais jamais vue sur le visage de mon père. Son corps, déjà nettoyé et bien arrangé, semblait être celui d'un acteur somnolent prenant une pause dans une position inconfortable pour ne pas gâcher son maquillage.

Ma dernière masturbation impliquant mon père ne s'est pas bien passée. Montrant moins de piété filiale que Mlle Vinteuil, j'ai ressenti le vide complet du plaisir au moment où j'ai pensé à lui, le plaçant au centre de mon plaisir. La brûlure intense de tout mon corps a disparu en un instant. Seul restait le chatouillement humide qui enveloppait mon corps. Je n'ai pas ouvert les yeux, attendant dans l'obscurité un frisson intense et inattendu. Mais mon désir insondable a révélé le visage blanc et lumineux de mon père, ses cheveux argentés scintillant sur son front, avec sa plaie rouge ondulant comme un ver de terre, presque comme s'il poussait sa langue vers mon clitoris épuisé.

Debout au milieu de la salle de bains vide, je me suis lavé les mains, voulant arracher mes doigts comme on casse les pattes d'un crabe, envahie par une fureur bouillonnante. Dans le miroir, mon torse nu se reflétait.

Des cheveux courts ébouriffés, des yeux pleins de peur et d'anxiété, le pourtour de la bouche marqué par le mécontentement, le visage taché de petites marques de sang, un cou long et tordu, une poitrine sans attraits, une peau scintillante comme des écailles d'un poisson-sabre : voilà la femme qui me faisait face dans le miroir. Elle riait étrangement. Je me suis demandé d'où venait ce rictus étrange sur ses lèvres. Un sourire stupide et sans destination, imprégné de choses encore plus moites et visqueuses que l'humidité de ma chambre. En regardant longuement dans le miroir, j'ai réalisé combien je détestais cette femme. Dans ses yeux, je voyais un défi m'incitant à l'attaquer, à déverser une cascade de haine comme pour la démolir, à l'écraser comme on écrase un insecte.

J'ai pensé à mon visage, à mon lignage, à ma généalogie. J'ai pensé à la douleur de l'amibe qui, en elle, crée quelque chose d'identique à elle-même pour la relâcher dans le monde. Pour ne pas libérer quelque chose d'identique à soi, il n'y avait qu'une seule solution. Tuer ce qui est pareil. J'ai tourné le robinet et j'ai approché un rasoir de mon poignet. D'une seule entaille, la peau s'est ouverte comme un fin papier enroulé, laissant une blessure grande ouverte. Un deuxième coup… mais je me suis arrêtée. Je n'ai pas pu pousser le dernier coup de rasoir dans la bouche béante de la blessure, semblable au bec rouge d'un oisillon. Un regret court mais intense m'a submergée. J'ai fermé le robinet.

Je suis retournée dans ma chambre et me suis allongée de tout mon long sur le lit, comme pour m'inhumer. J'ai toussé pour cracher les glaires au fond de ma gorge, puis j'ai posé le cendrier sur mon thorax et allumé une cigarette. Après avoir aspiré profondément la fumée, je mordais son bout à cause de la douleur terrible dans mon bras gauche. Le cendrier en argent tremblait. Ce n'était pas le poignet que je devais viser, mais juste là, le milieu de ma poitrine où le cendrier était posé…

Le jour de ma naissance, mon père avait cueilli un bout du ciel de l'aube, et de cette brèche il avait créé un joli oiseau bleu ; celui de la mort de mon père, j'avais créé un clitoris épuisé, un oiseau imbibé de sang. Mon père n'a pas réussi à élever l'oiseau bleu, et moi, je n'ai pas réussi à tuer l'oiseau mouillé.

J'avais peur d'avoir rendu mon poignet gauche complètement inutile en le coupant deux fois. Cela rendrait les choses fort inconfortables, et je me questionnais : jouer à l'ordinateur, ça serait difficile, non ? Et si une infection se développait à cause de la lame de rasoir ? Et si des insectes rampaient dans la plaie béante, comme dans la bouche d'un oiseau mort, pendant que je dormais ? Bien décidée à ne plus mourir, j'ai été submergée par une douleur croissante, et j'ai pleuré abondamment.

J'étais si contente de ne pas être morte que j'ai gigoté sur le lit taché de sang, j'ai roulé sur le sol de la chambre humide, j'ai allumé et éteint mon ordinateur. J'ai accepté mes échecs, tant dans la masturbation que dans l'automutilation. Le futur dont mon père rêvait et le passé dont je me souvenais sont comme les deux ailes d'un oiseau, identiques mais différentes. Maintenant, je suis prête à m'envoler. En donnant des coups de pied dans la marmite, en m'échappant du nid, j'attends que mon corps s'élève avec légèreté comme un oiseau agile, et je crie joyeusement au centre de cette scène humide.

— Garces ! Garces ! Garces ! Moi, Son Mi-ok, je ne suis pas encore morte !

*

Le bouillon de poulet est prêt. Quand j'ouvre le couvercle de la casserole, au-dessus de la bouillie de riz jaunâtre, les os de poulet apparaissent légèrement. En retirant la casserole de la gazinière, je me souviens du destin de la marmite qui parle.

La marmite, qui s'introduit dans la maison d'un homme riche pour voler des objets de valeur et aider le pauvre couple, est finalement attrapée.

— Alors, c'est toi qui as volé la soupe, le blé et les pièces d'or dans ma maison ?

La marmite, incapable de mentir, implore :

— S'il vous plaît, laissez-moi partir.

— C'est absolument impossible.

La marmite braille :

— Laissez-moi partir. Je vous jure, j'irai jusqu'au pôle Nord.

— Alors, va, et montre-moi ! Je te suivrai, peu importe la distance.

La marmite, avec le riche homme, s'enfuit en pleurant. Sans pouvoir dire au revoir au pauvre couple, elle traverse des collines, des rivières, et elle court toujours vers le pôle Nord.

Cette conclusion, à première vue absurde et vaine, moi, je l'aime ; j'apprécie ce genre d'histoires qui progresse en une fin ouverte. Que la marmite soit devenue l'étoile Polaire ou les sept étoiles de la Grande Ourse n'est qu'un détail superflu. Tout comme préciser que *Les Mille et Une Nuits* se sont terminées au bout de mille et une nuits n'a aucune importance.

Demain, je déménage. Je ne sais pas dans quelle autre petite gare de l'attente je contemplerai ma vie, mais quand j'y serai, j'offrirai mon cœur en guise de cible aux flèches du souvenir, qui tomberont sur lui en une soudaine averse.

En goûtant une cuillérée du bouillon de poulet, je décide de faire confiance à la marmite, comme le couple pauvre. Si elle est dotée de parole, peut-être qu'elle peut aussi faire bien d'autres choses. Quand bien même tout s'aggrave, je croirai en la parole, en la mémoire, et en d'autres choses encore. Une histoire sans conclusion, sans fin, comme *Les Mille et Une Nuits* qui ne finissent jamais, comme la marmite qui court, comme nos corps blessés, comme notre présent qui déploie ses ailes et s'envole au moment où les rayons du souvenir éclairent cette fissure, cet éclair bleu azur…

Avant de quitter la chambre humide, je voulais absolument dire cela. Après avoir goûté le bouillon de poulet, je me suis exclamée :

— Père, c'est vraiment le meilleur sous le Ciel !

Composé et mis en pages
par Nord Compo à Villeneuve-d'Ascq
et achevé d'imprimer en juillet 2024
par Corlet
en Normandie.

ISBN : 978-2-413-0-8507-2
Dépôt légal : octobre 2024
Numéro d'impression : 23110906